NOVOS CASOS DO DETETIVE BOLOTINHA

Kalunga

NOVOS CASOS DO DETETIVE BOLOTINHA

ILUSTRAÇÕES:
SALMO DANSA

Paulinas

Dados Internacionais de Catalogação na Publicação (CIP)
(Câmara Brasileira do Livro, SP, Brasil)

Kalunga
  Novos casos do detetive Bolotinha / Kalunga. – São Paulo : Paulinas, 2015. – (Coleção Maria Fumaça 2. Série carvão)

  ISBN 978-85-356-3957-5

  1. Literatura infantojuvenil I. Título. II. Série.

15-05976 CDD-028.5

Índices para catálogo sistemático:
1. Literatura infantil   028.5
2. Literatura infantojuvenil   028.5

1ª edição – 2015
3ª reimpressão – 2024

Direção-geral: *Bernadete Boff*
Editora responsável: *Maria Goretti de Oliveira*
Assistente de edição: *Mariana Almeida*
Coordenação de revisão: *Marina Mendonça*
Copidesque: *Ana Cecilia Mari*
Revisão: *Sandra Sinzato*
Gerente de produção: *Felício Calegaro Neto*
Produção de arte: *Jéssica Diniz Souza*

Nenhuma parte desta obra pode ser reproduzida ou transmitida por qualquer forma e/ou quaisquer meios (eletrônico ou mecânico, incluindo fotocópia e gravação) ou arquivada em qualquer sistema ou banco de dados sem permissão escrita da Editora. Direitos reservados.

Cadastre-se e receba nossas informações
paulinas.com.br
Telemarketing e SAC: 0800-7010081

Paulinas
Rua Dona Inácia Uchoa, 62
04110-020 – São Paulo – SP (Brasil)
📞 (11) 2125-3500
✉ editora@paulinas.com.br
© Pia Sociedade Filhas de São Paulo – São Paulo, 2015

SUMÁRIO

PRIMEIRO CASO

O RATO DE BIBLIOTECA 9

SEGUNDO CASO

A GANGUE DO CHULÉ 27

TERCEIRO CASO

DOIS PRESENTES INESQUECÍVEIS 61

QUARTO CASO

O MISTÉRIO DOS CINCO VIOLÕES 89

Aos bons amigos
que irão acompanhar o
Bolotinha na solução de novos casos,
e aos meus netinhos.

PRIMEIRO CASO

O RATO DE BIBLIOTECA

Estava eu diante do espelho, na sala do meu pequeno apartamento, a me deliciar com a imagem que refletia meu rosto com a barba por fazer, quando, para variar, o celular começou a tocar a velha canção do meu time.

– Alôu – atendi.

– Detetive Bolotinha? – disse a voz do outro lado.

– Ele mesmo – respondi.

– Posso falar ou o senhor está ocupado? – perguntou-me alguém, que julguei ser uma mulher, tal a doçura na pronúncia das palavras.

– Pode falar – respondi simplesmente.

– É o seguinte, detetive. Sou bibliotecária de uma escola aqui de Maceió, Alagoas, e conhecemos a sua fama e capacidade em resolver casos que acontecem em ambientes educacionais. Por isso, queria saber se, apesar da distância, o senhor teria disponibilidade para nos auxiliar na busca da solução de mais um desses casos.

– Mandou bem, hein, professora? Mas qual é o seu nome? – eu quis saber.

– Laurinalda Celeste. Mas pode me chamar só de Laurinalda – ela respondeu.

– Muito prazer, então. Casualmente, estava mesmo de viagem marcada para o Nordeste, pois resolvi tirar alguns dias de férias. Vou, com toda a certeza, unir o agradável ao útil e terei muita satisfação em visitar a sua escola.

– Que bom, detetive Bolotinha... Posso chamá-lo assim?

– Claro. Assim como sei que posso chamá-la de Laurinalda.

– E quando podemos nos encontrar? Estou muito ansiosa.

– Na semana que vem, professora, com certeza. Coincidentemente, inicio por Maceió o meu roteiro de lazer, e segunda-feira estarei nessa encantadora cidade. Sendo assim, já na terça lhe procuro. Só preciso do endereço da escola.

– Pois não, detetive.

E Laurinalda passou-me o endereço, que anotei na minha pequena caderneta vermelha que fazia as vezes de agenda.

Domingo, cheguei à capital alagoana pela tardinha. Acomodei-me em uma pousada, de onde podia vislumbrar aquela orla maravilhosa, com o mar verdinho a me dar as boas-vindas. Aproveitei o início precoce do anoitecer para dar uma caminhada no calçadão, pois precisava mesmo emagrecer alguns quilinhos. Retornei quase uma hora depois, e após um reconfortante banho, fiz um lanche gostosíssimo: tapioca e suco de mamão

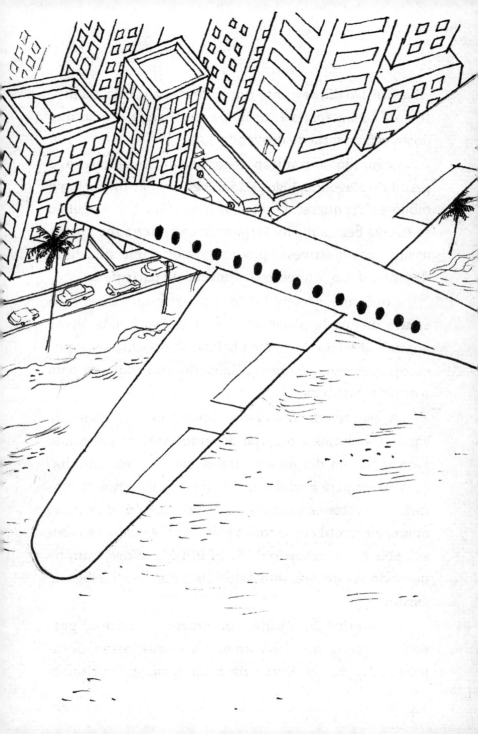

silvestre. No dia seguinte iria conhecer a escola e a professora bibliotecária Laurinalda. Qual seria o caso que desta vez eu teria de desvendar?

Seguindo a tradição reconhecida, hospitaleira e gentil do alagoano, logo cedo o meu celular tocou. Era a bibliotecária querendo saber se havia feito boa viagem e se estava bem alojado. Perguntou se poderia me buscar assim que eu estivesse pronto. Respondi que sim, agradecendo tanto interesse e educação da parte dela.

Conforme o combinado, pouco tempo depois, lá estava diante da pousada o carro de Laurinalda. Verde abacate, modelo novo, uma beleza de carrinho. Nós nos cumprimentamos com cordialidade, sorrimos um para o outro e partimos.

A escola era imponente. Prédio antigo, nome de santo. Os alunos e o corpo docente estavam chegando para mais um dia de atividades. Nós nos encaminhamos direto para a biblioteca. Pouco depois, a nós se juntaram a diretora e a supervisora. A senhora do cafezinho apareceu, gentil como todas elas o são. Agradeci e recusei, pois havia acabado de fazer um ótimo desjejum na pousada. A diretora, sem delongas e objetiva, foi logo ao assunto:

– Detetive Bolotinha, que prazer conhecê-lo pessoalmente! O que nos angustia é que estão desaparecendo vários livros da biblioteca. A Laurinalda está muito preocupada! Fica difícil responsabilizar algum aluno ou apontar alguém como sendo o autor de tal ato.

– Hum... Vejamos por onde iniciar. Os livros que desaparecem são infantis ou infantojuvenis?

– Infantojuvenis.

– Clássicos, ou destes traduzidos e fantasiosos que a mídia insiste em fazer a garotada ler, sem muita preocupação com seu valor literário?

– Ambos, detetive.

– Hum... E como funciona a biblioteca em relação à visita dos alunos?

– Eles vêm com as professoras de literatura em horários previamente agendados.

– Posso acompanhar estas visitas?

– Certamente, detetive. Fique à vontade.

– Obrigado, professoras.

Coloquei-me em uma posição estratégica num cantinho da biblioteca. Peguei um livro que há muito me interessava reler, Meu pé de laranja lima, e fiquei à espera das turmas. A primeira foi a do sétimo ano do fundamental.

Gostei imensamente da maneira criativa com que Laurinalda e a professora da turma conduziam e estimulavam a leitura. Num determinado momento, alunos de uma outra turma invadiram a biblioteca e dramatizaram a história que estava sendo lida. Gostei demais!

15

Não notei nada de diferente no comportamento desta turminha. A seguir, veio o oitavo ano. A mesma criatividade percebi na professora ao conduzir seu trabalho. O interesse pela leitura estava me encantando deveras. Também nada de anormal percebi na atitude deles. Chegou a vez do ensino médio, primeiro ano.

Embora a professora se esforçasse para que a leitura fosse proveitosa, notei que nem todos seguiam suas orientações. A galera era realmente a mais inquieta das três. Um menino que estava sentado mais ao fundo, próximo do bebedouro, chamou a minha atenção. Parecia estar em um outro mundo, olhando insistentemente para a prateleira à sua frente. De repente, levantou-se e pegou um livro, desses grossos, e o colocou junto com o que estava lendo. Depois, ao final da visita, sorrateiramente o guardou na mochila. Deixei passar alguns minutos e perguntei para Laurinalda quem era o garoto baixinho que estava sentado próximo ao bebedouro.

– É o Reginaldo – ela disse.

– E como ele é?

– Quieto.

Tais respostas não ajudavam muito, a não ser que me interessasse apenas em saber o nome do menino. Assim que Reginaldo passou por mim para voltar a sua sala, levantei e aproximei-me dele.

– Bom-dia, amigo – eu disse.
– Bom-dia – ele respondeu, me olhando um pouco desconfiado.
– Qual livro você leu hoje? – perguntei.
– Um do Machado de Assis – ele respondeu.
– Gostou?
– Gostei.

Depois que todos saíram, pedi que Laurinalda me apresentasse à professora que os acompanhava. Na hora do recreio, a apresentação foi feita.

– Professora, primeiramente parabéns pelo seu excelente trabalho... Tive o prazer de observá-la na biblioteca. Sou o detetive Bolotinha, especialista em elucidar casos que envolvam crianças e pré-adolescentes no seu dia a dia na escola, ou mesmo fora dela. Professora, quero conversar um pouco com você.

– Encantada, detetive. Sou a professora Nilva, conte comigo em tudo que puder auxiliá-lo.

– Você já deve estar sabendo do que está ocorrendo na biblioteca, não é? Acompanhei as turmas nesta manhã e a atitude de um dos seus alunos me levou a procurá-la para saber mais informações sobre ele.

– Como assim?

– Seguinte, professora: a bibliotecária Laurinalda me disse que os livros infantojuvenis são os que mais vêm sumindo. Daí, conclui-se que o problema está ocorrendo com alunos do sétimo ano do fundamental em diante. Como só na sua turma percebi algo estranho, preciso me aprofundar mais em certos detalhes que poderão ou não levar o caso a bom termo, entende? Mas fique tranquila que não é nada preocupante.

– Claro, detetive. Pergunte... Farei tudo que estiver ao meu alcance para ajudá-lo.

– Obrigado desde agora pela sua presteza. Diga-me, professora, todos se comunicam bem e falam corretamente o português nesta sua turma de primeiro ano do ensino médio?

– A maioria sim. Mas só agora, que me perguntou, é que me caiu a ficha, se me permite falar assim. Um dos meus alunos, o mais quietinho por sinal, é o que fala mais corretamente, tem maior poder de concentração, redige melhor e, quando inquirido por mim, dá as melhores respostas para todas as questões formuladas.

– Que legal! E quem é ele?

– O Reginaldo.

– Por enquanto está ótimo, professora. Se precisar de mais informações, posso voltar a procurá-la?

– Sem problema, detetive, sem problema.

Terminado o intervalo, as professoras voltaram às suas respectivas salas de aula. Acompanhado por Laurinalda, dirigi-me ao gabinete da diretora. Solícita, ela mandou-me sentar e ficou aguardando para ouvir o que tinha para lhe dizer.

– As coisas estão andando mais depressa do que eu imaginava – disse.

– Que bela notícia! – ela falou, sorrindo satisfeita.

– Temos apenas que agir com cautela. No primeiro ano do segundo grau, mais precisamente na turma da professora Nilva, observei que um dos alunos, leitor voraz, é bom que se diga, não se contenta em simplesmente ter contato com os livros durante o período de visita à biblioteca. Ele, sorrateiramente, pelo menos no dia em que estava observando, agiu assim, pegou um exemplar e sem que ninguém notasse o colocou na mochila. Acho que esse menino procede assim toda vez que vai à biblioteca. É dedução minha, posso estar equivocado, mas acho difícil. Depois, deduzo eu, deve ficar constrangido sem saber como devolver a quantia já apreciável de livros em seu poder, com receio, talvez, de uma possível punição.

– Salutar raciocínio, detetive Bolotinha, mas, se surgirem outros alunos com este mesmo interesse pela leitura, meu Deus! A moda pega e ficaremos logo sem livros em nosso acervo.

– Exatamente, diretora, embora, por enquanto, seja um caso isolado e até digno de uma análise mais contemporizadora, pois não podemos subtrair do Reginaldo esta sua virtude de gostar de ler. Como muito bem a senhora deduz, isso pode vir a acontecer com outros alunos também, assim que tomarem conhecimento do

19

modus operandi do colega em questão. Por isso, reafirmo que devemos ter calma na elucidação deste caso.

– E aí é que você entra com sua astúcia e experiência, correto?

– Correto, diretora, na mosca, como diria Nelson Rodrigues.

Contei logo depois para elas qual era o meu plano. Ambas o acharam excelente, sendo um tanto exageradas em elogios à minha pessoa. Como já era quase hora do almoço, interrompemos nossa conversa e fomos até um restaurante perto da escola. Levaram-me para saborear comidas típicas da região. Adorei deveras.

A tarde foi de passeio pela cidade. Fiz mais uma caminhada, tomei água de coco, comi mais tapioca, que eu havia adorado, é bom que se diga, e fui até a feirinha de artesanato comprar umas camisetas que me lembrassem posteriormente de Maceió.

Dormi como um anjo. No outro dia, lá estava eu novamente na escola. Encontrei Reginaldo no corredor e o cumprimentei como havia feito no dia anterior. Aí, pensei, é uma boa ocasião e hora para colocar meu plano em ação.

– Meu amigo, soube pela professora Nilva que você gosta muito de ler, é verdade?

– Gosto sim. Mas quem é o senhor?

– Sou um pesquisador e ando à procura de bons leitores para entrevistá-los.

– Ah, sim, gosto muito de ler. E o senhor pensa em me entrevistar, é isso?
– Exatamente.
– Fico muito contente.
– Posso fazer a primeira pergunta?
– Claro.
– Quantos livros você lê por semana?
– Um, dois e até três, se não for semana de provas e se o livro não for muito grosso.
– Ótimo, Reginaldo! E você tem muitos livros na sua casa?
– Bastante.
– E como você faz para adquiri-los?
– O meu pai e a minha mãe me dão de presente, eles sabem do meu gosto pela leitura.
– Ótimo, Reginaldo! Mas, se você lê tantos livros, talvez dez por mês, seus pais nunca reclamaram que estão investindo muito na compra destes livros, embora a leitura seja muito importante para todos nós?

Aí eu senti certa hesitação em Reginaldo, que, aliás, eu já esperava que acontecesse. A próxima pergunta teria de ser mais branda. Questão de estratégia.

– Muito bem, meu amigo. Não precisa responder. Vou conversar com sua mãe e elogiá-la pelo excelente hábito que criou em você relacionado a esta proximidade com os livros.

– E o senhor vai perguntar quantos livros ela e o pai compram pra mim por mês?

– Exatamente. Para colocar na pesquisa.
– Se o senhor não fizer esta pergunta pra ela, eu posso lhe contar um segredo meio chato...
– Você que sabe...
– Posso confiar no senhor?

Fiz um mistério digno de grandes romances policiais. Olhei para Reginaldo, olhei para o teto, cocei a cabeça. Até falar pausadamente.

– O que você tem para me contar?
– Posso ou não confiar no senhor?
– Pode, claro.
– Eu, na verdade, ganho dos meus pais três livros por mês. Mas eles não são suficientes para saciar o meu gosto pela leitura. Retiro os que posso da biblioteca, e ainda assim não me sinto satisfeito. Então, sem que meus outros colegas e a professora percebam, quando vou com minha turma para a aula de literatura na biblioteca e ninguém está prestando atenção em mim, pego o livro que quero ler e o levo para casa. Então aí é que começa meu problema. Depois que eu leio os livros, penso em devolvê-los da mesma maneira que os peguei, mas vem o receio de que alguém me veja. E esse medinho faz com que eu não os devolva. Estou com uma porção de livros escondidos lá no meu quarto, sem saber o que fazer... Por isso não quero que o senhor comente isso ou faça perguntas para meus pais, entende?

– Escuta só, meu amigo, tenho uma ideia. Quem sabe você não conversa com a bibliotecária, a professora Laurinalda, que é muito gente fina, e ela, por sua vez, fala com sua professora e você explica tudo para elas, devolve os livros, e consegue levar outros tantos para casa sem precisar se preocupar em levá-los escondidos?

– Mas não vai dar rolo? Eu gostaria tanto de continuar tendo uma porção de livros sempre à minha disposição.

– Claro que não, Reginaldo. Pode – como já disse – confiar em mim.

– Mas por que devo confiar no senhor? Desculpe a pergunta, mas é que eu tô muito nervoso.

– Fique calmo, meu amigo. Só quero ajudá-lo para que continue a ter bons livros como companheiros, e não esqueça que sou um pesquisador e ando à procura de bons leitores...

– Que alívio o senhor me deu, nem sabe... Vou agora mesmo falar com a professora Laurinalda.

Este caso, confesso, foi mais fácil de resolver do que eu esperava. Como se diz na gíria, foi mesmo "mamão com açúcar". Reginaldo conversou com Laurinalda, Laurinalda conversou com a professora Nilva, ambas conversaram com a diretora, a diretora conversou comigo e tudo terminou da melhor maneira possível.

Precavi-me de todo o cuidado para que os demais alunos da escola não tomassem conhecimento desse procedimento incorreto de Reginaldo e tive o apoio e cumplicidade das professoras e da direção neste sentido.

A diretora me agradeceu, perguntou o valor dos meus préstimos, e respondi que solucionar casos como este só me dava prazer e que a recompensa era ver alguém feliz na companhia dos livros.

Antes de me despedir das competentes professoras da escola, passei numa livraria próxima e comprei vários títulos infantojuvenis, que deixei depois na biblioteca para que Laurinalda os desse de presente para o meu novo amigo.

E, agora, sim, iria curtir como bom turista mais alguns dias no Nordeste, estive pensando em dar uma esticada até Natal, depois João Pessoa, depois Aracaju, depois Recife, e, quem sabe, Fortaleza.

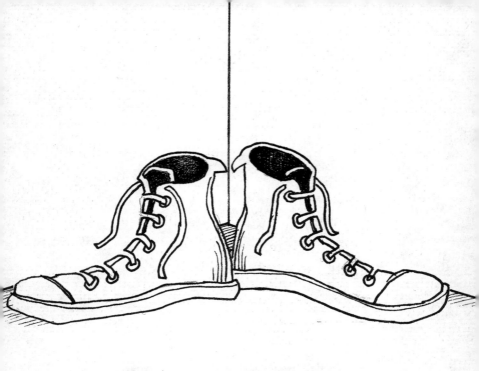

SEGUNDO CASO

A GANGUE DO CHULÉ

Depois de três dias de chuvas constantes que me deixaram praticamente isolado no apartamento, eis que o sol, ainda que tímido e sumindo vez em quando entre as nuvens, resolveu dar o ar da sua graça e colorir com sua esbelteza a manhã em Meia Praia, este belo recanto turístico de Itapema. Aproveitei para caminhar e, de short amarelo, camiseta verde, tênis vermelho, fui para o calçadão à beira-mar. Encontrei o delegado Silvio Iasbéqui, que quase nem me percebeu, tão preocupado estava no seu distraído andar.

– Salve, salve delegado, qual o motivo de tanta inquietação em manhã tão alvissareira?

– Bom dia, meu querido amigo. Realmente algo me está afligindo desde a semana passada.

– Tem a ver com algum facínora ou é algo pessoal?

– É relacionado ao meu trabalho, detetive. E, pensando bem, acho que o nosso encontro vem a calhar...

– Pois abra seu coração, delegado Iasbéqui, abra seu coração.

– Obrigado pela atenção costumeira para comigo, amigo, obrigado.

– Quem sabe nos sentamos no quiosque do Cabral e você me conta o que o está afligindo?

– Será muito bom, Bolotinha, será muito bom.

Sentamos numa das mesas que estrategicamente nos proporcionava uma vista lindíssima do mar, tirei o tênis e fiquei bem à vontade. Um navio imenso estava ancorado na marina de Porto Belo, o que por nós não passou despercebido. Veio o garçom e pedimos suco de graviola com menta.

– E então, delegado?

Iasbéqui pegou seu copo, deu um gole demorado, brincou com o guardanapo, e eu só esperando. Depois me encarou e me fez olhar para um ponto distante, quase onde o mar se encontrava com o horizonte.

– Lindo, não? – ele disse.

– Lindo – respondi.

E eu continuei esperando mais alguns minutos. Até que o delegado começou a falar. Aí não parou mais...

– Pois saiba, meu querido amigo, que estão acontecendo alguns assaltos em nossa praia e todos eles apresentam características bastante semelhantes. Os delitos ocorrem geralmente à tarde e têm como alvo apartamentos de turistas, geralmente desocupados nesta época do ano. Só na semana passada, motivo inicial da minha preocupação, como lhe falei, aconteceram cinco... Imagine, cinco assaltos. Procurei buscar algo que me levasse a alguma dedução e que pudesse auxiliar no preâmbulo da investigação, mas ainda não avancei um tiquinho. E logo irão começar as críticas no jornal dizendo que Itapema está abandonada, que o delegado Iasbéqui não faz nada, estas maledicências que a oposição adora fomentar. Aí, meu amigo, como você sabe, tudo se torna mais difícil, a corrida contra o tempo, o aumento de assaltos, a falta de provas, estas coisas corriqueiras no processo policial.

Ouvia atentamente o delegado. Procurava tirar minhas conclusões. Pedimos mais dois sucos.

– Realmente, delegado, partir assim do zero é muito difícil, mas o nada é o que temos por enquanto.

– Detetive, você me auxiliaria a desvendar este caso?

– Com o maior prazer e interesse, delegado. Principalmente por minha intuição apontar para a participação de adolescentes nesta história.

– Isso eu acho que é ainda cedo para deduzirmos.

– Quer apostar um jantar no Recanto das Sereias que tem...?

– Que tem o quê?

– Que tem adolescente envolvido.

– Aposta aceita.

– Agora, meu caro Iasbéqui, pensemos com calma e partamos para o nosso plano de ação.

Despedimo-nos e cada qual tomou seu rumo. O delegado voltou para a delegacia. Eu continuei minha caminhada já com a cabeça a mil, pensando em outras mil coisas a respeito do que teria pela frente, já que aceitei ajudar o delegado naquela penosa empreitada. Peguei o celular e liguei para ele.

– Delegado, já estou com algumas ideias sobre o nosso caso. Quando podemos nos reunir para conversarmos?

– Já que o tempo urge, Bolotinha, pode ser hoje à tarde?

– Depois das duas?

– Isso.

– Legal, Iasbéqui, depois das duas então nos encontramos.

– Quem sabe aqui mesmo na delegacia?

– Acho que é o lugar ideal para não provocar suspeita.

– Concordo com você.

– Então até as duas.

– Até.

Duas e quinze entrei na delegacia. O tempo estava novamente fechado em Itapema, com nuvens escuras surgindo no céu antes colorido pelo *glamour* do sol.

O delegado me esperava no seu gabinete. Ele trocou rápidas palavras com o inspetor Arlindo e nos dirigimos, após um sinal seu, para uma sala que ficava na parte dos fundos da delegacia. O inspetor recebeu as últimas instruções do delegado, que disse que não queria ser interrompido e que ele deveria resolver qualquer problema que surgisse.

A sala era confortável. Quer dizer, mais ou menos confortável. Tinha duas poltronas e uma mesinha de centro. Uma garrafa térmica de café e algumas bolachas doces emolduravam a mesinha. O delegado ligou seu notebook para fazer algumas anotações que certamente adviriam do nosso colóquio.

– O que você já pensou? – ele perguntou.

– Bem, delegado: temos que visitar os apartamentos assaltados e ver se descobrimos alguma pista para iniciar as buscas dos suspeitos.

– Quanto a isso, sem problemas. Três apartamentos ficam aqui por perto, entre as ruas 248 e 266. Os outros dois a gente tem que ir até Itapema para fazer a vistoria. Mas situam-se também na parte central da cidade.

– Correto, delegado, correto. Acho que se torna imperioso, antes de qualquer tomada de posição de nossa parte, que nos dirijamos imediatamente a estes locais. Concorda?

– Em gênero e grau, detetive. Só vou avisar o Arlindo e tocamos para lá agora.

Chegamos minutos depois à Rua 248. O edifício Centauro situava-se na Zona 2, no meio da quadra. Explico: a Zona 1 é mais próxima do mar; a Zona 2, consequentemente, um pouquinho mais afastada. Procuramos o síndico do prédio. Um senhor alto, magro, careca. Ele nos recebeu friamente. O delegado Iasbéqui se identificou. O síndico mudou de postura. Tornou-se afável, respeitoso, simpático.

– Tivemos um apartamento assaltado semana passada no prédio, confere? – perguntou o delegado.

– Exatamente, doutor – respondeu o síndico – Foi o 409. O proprietário é de Curitiba e só aparece nos finais de semana.

– Você tem a chave do apartamento?

– Tenho. Ele deixa sempre comigo para qualquer emergência.

– Podemos visitar o apartamento?
– Claro, delegado. Vou pegar a chave e subimos. O senhor só me espere um pouquinho, por favor.
Pouco depois o síndico voltou. Só aí o delegado Iasbéqui me apresentou. O síndico me estendeu a mão. Subimos até o 409. Entramos. Um belo apartamento, bem decorado e com vista para o mar.
– O que foi levado? – quis saber o delegado.
– Segundo o proprietário – começou a falar o síndico –, objetos de menor valor, na avaliação dele, diante de tantos outros bens mais valiosos que aqui se encontram.
– O que, por exemplo?
– Foram furtados pares de tênis, bonés e alguns moletons de grife.
– Você nos consegue o número do telefone do proprietário? – eu perguntei.
– Claro, detetive – ele respondeu.
Antes de sairmos, marcas no assoalho de tábua me chamam atenção.
– Alguém entrou aqui depois do assalto? – eu queria saber.
– Ninguém – respondeu o síndico.
– Então estas marcas no assoalho pertencem aos assaltantes? – eu concluí em voz alta.
– Exatamente – respondeu o síndico –, nem tinha me apercebido deste detalhe.

35

Pedi uma fita métrica, que o síndico encontrou no armário da área de serviço e me alcançou. Medi cuidadosamente para obter com a maior precisão possível o comprimento de cada marca no chão. Tendo as medidas, concluí que o pessoal da gangue calçava entre 39 e 41, o que, para mim, era um dado de suma importância.

– Pois muito bem, meus caros, temos aqui oito marcas de sapato no chão, ou quem sabe de tênis. Isso pode

significar que sejam quatro os componentes do bando. Resta agora confirmarmos esta hipótese, se for possível, num outro apartamento.

O síndico me passou o número do celular do proprietário. Agradeci esse gesto de imediato, nos despedimos e partimos, a pé mesmo, pois a distância não era tão grande até o outro apartamento assaltado. Chegamos, não muito depois, à Rua 251, agora na Zona 1. A mesma rotina da outra vez se repetiu. Só que agora era uma mulher a síndica. Amável, esbelta, bonita. E usava óculos. Ela nos conduziu até o sétimo andar. Apartamento 707. Da sacada, uma vista deslumbrante. Dava vontade de não mais sair dali. Mas o dever nos chamava.

– O proprietário do apartamento é de Sorocaba – ela disse. – E só aparece por aqui em época de temporada e, às vezes, em julho, com a família toda. Eles são cinco, o casal e três filhos adolescentes.

Ouvia a síndica e ao mesmo tempo olhava em volta. As marcas estavam ali, da porta de entrada ao quarto do casal e dos meninos. Contei cuidadosamente para não me enganar. Agora havia apenas seis marcas, o que significava que um dos componentes da gangue abandonara o barco a partir desta indesejável visita.

– Minha senhora, o que foi retirado ilegalmente daqui? – perguntei, diante do olhar de concordância do delegado Iasbéqui.

– Que eu saiba, nada de maior valor, só tênis, bonés e moletons dos meninos.
Só tênis, bonés e moletons. Nos demais apartamentos que visitamos a mesma constatação: só tênis, bonés e moletons.
Quando voltávamos para a delegacia, comentávamos o que de positivo nos trouxera esta primeira visita ao local dos assaltos.
– Delegado, o que me chamou a atenção foi o que nos disse o proprietário do primeiro apartamento que visitamos, assim que liguei para ele.
– O de Curitiba?
– Exato.
– O que ele disse?
– Que para ele foi um alívio terem levado o velho tênis desbotado e malcheiroso de um dos filhos.
– Por causa do chulé?
– Exatamente, delegado, por causa do chulé! Sabe que tal detalhe pode ser importante para descobrirmos pelo menos a pista de um dos elementos?
– Como assim, detetive Bolotinha?
– O tênis é número 41. Fedido que só. A esta altura, pelo tipo de objetos furtados, creio que os assaltantes fazem mesmo parte de um grupo de adolescentes. Se um deles estiver usando o tal calçado, irá chamar a atenção pelo odor tão repugnante. Vamos, delegado, dar tempo ao tempo, que é o que nos resta fazer. Ah... lembrei agora de outra coisinha.

– O quê?

– Ligar para Curitiba e Sorocaba para saber a cor dos moletons...

O delegado fez uma cara de quem não havia entendido bem esta minha última observação.

Voltei à tardinha para meu recanto. Coloquei um DVD do Wando para assistir e abri uma garrafa de refrigerante. Peguei o celular, liguei para Curitiba. Alguns moletons eram verdes e outros vermelhos. O pessoal de Sorocaba informou a mesma coisa. Era o que eu queria saber. Como já me havia informado de que nos outros apartamentos, coincidentemente, também os moletons furtados eram destas cores, já não estávamos mais no ponto zero da investigação.

Tomei um banho, ouvi o noticiário, fui dormir.

No outro dia, manhãzinha ainda, fui acordado pelo toque do celular. Era o delegado Iasbéqui.

– Detetive Bolotinha, bom-dia e desculpe o horário, mas outro apartamento foi assaltado esta noite.

– Onde, delegado?

– Aqui na Rua 258.

– O que levaram desta vez?

– O mesmo dos outros, detetive, tênis, bonés e moletons.

– Tenho um novo plano para avançarmos mais nas investigações, delegado. Espere-me que vou tomar um café, fazer a barba e logo apareço na delegacia para conversarmos, ok?

– Ok, detetive Bolotinha. Até mais.

O delegado me esperava na salinha escondida atrás do seu gabinete. Tomei outro café.

– E então, detetive Bolotinha, quais as novas?

– Pensei no seguinte, delegado. Você deve dar uma entrevista para o nosso jornal, O Pacífico, relatando que a investigação está bem adiantada, mas que ainda não pode revelar nada para não atrapalhar o prosseguimento da mesma. Passo seguinte, vamos conversar com o presidente do sindicato dos lojistas e solicitar, a bem da justiça, que as lojas que vendem moletom, tênis e boné façam uma promoção relâmpago oferecendo um ótimo desconto nestes produtos, dando destaque principalmente nas vitrines aos moletons de cor verde e vermelha. E vamos ligar também, não custa nada, para algumas das farmácias da cidade e nos informar se alguém comprou aqueles pozinhos que eliminam o chulé em quantidade exagerada. Quem sabe por aí surgem novas pistas?

– Genial, detetive Bolotinha, genial seu astucioso raciocínio. Agora mesmo vou ligar para o Luizinho, jornalista de O Pacífico, e solicitar a entrevista. Quanto ao presidente do sindicato dos lojistas, ele é meu companheiro de diretoria da APAE e isso facilita as coisas. Em relação às farmácias, ligo para a Creusa, que é dona de uma delas, e ela se encarrega de obter as informações que queremos com os demais farmacêuticos. Deixe comigo.

– Então, companheiro delegado Iasbéqui, vamos mais uma vez à luta.

No dia seguinte, começou a surtir efeito a nossa estratégia. As lojas, nos shoppings e fora deles também, estavam com a promoção relâmpago a pleno vapor. O pessoal estranhava a razão repentina de tal oferta, mas aproveitava a ocasião para incrementar novidades em seus guarda-roupas. A garotada invadira a loja de bonés. Tênis eram procurados e estoques tinham que ser repostos em tempo recorde. Os lojistas não esperavam tanto sucesso de vendas. E nós, eu e o delegado, aguardávamos na delegacia que alguém nos ligasse para comunicar fatos novos. E foi o que aconteceu.

– Delegado Iasbéqui?

– Ele mesmo.

– Aqui é da farmácia Central... a Creusa, tudo bem?

– Tudo, minha amiga, e então, alguma novidade?

– Exatamente, delegado. A Quitéria, da farmácia Juvenil, me ligou dizendo que apareceu ontem por lá um garoto de uns quatorze anos pedindo informações sobre o que usar para eliminar o mau cheiro nos pés e depois comprou justamente cinco potes de pomada antisséptica para tal fim. E realmente, ela disse, o cheiro de chulé dele era insuportável.

– Ela saberia identificar o menino, se fosse necessário?

– A Quitéria anotou o número do celular dele no verso do cheque com o qual ele pagou a compra.

– Será que ela se lembra de mais algum detalhe a respeito do rapazote?

– Aí eu não sei, delegado, mas posso lhe repassar o telefone dela.

– Me faz este favor, Creusa.

O delegado me contou desta conversa e eu mesmo quis ligar para Quitéria.

– Alô, Quitéria, aqui é o detetive Bolotinha, amigo do delegado Iasbéqui, que é amigo da Creusa. Tudo bem?

– Tudo bem, detetive, já estou sabendo do esforço que vocês estão fazendo para desvendar o caso dos assaltos que estão ocorrendo. E fico muito feliz em poder dar minha modesta contribuição.

– Obrigado mesmo, Quitéria, suas informações serão importantes, pode crer. Falando nisso, você se lembra de mais algum detalhe do garoto que comprou a pomada? Como ele estava vestido, a cor da sua pele, cabelo, estas coisas?

– Como ontem o movimento não foi tão intenso assim, consigo lembrar sim do menino. Nem alto nem baixo, cabelo castanho, raspado, fortinho, moletom verde, e aquele cheiro insuportável de chulé que deixou a farmácia azeda que só.

– Você não está exagerando, Quitéria?

– Juro que não, detetive Bolotinha.

– De qualquer forma, mais uma vez obrigado por tão preciosas informações Quitéria, e isso é tudo por enquanto. Adeus.

– Adeus, detetive Bolotinha.

Voltei a ficar diante do delegado Iasbéqui. Tínhamos o telefone de um provável suspeito. Íamos falar sobre isso quando o telefone tocou novamente.

– Pois não.... Delegado Iasbéqui, às ordens.

– Delegado, aqui é o Sindorval, o gerente da loja do shopping Amarelo. Tudo bom?

– Tudo, Sindorval. Bom falar contigo. E aí, quais as novas?

– Delegado, veio faz pouco aqui na loja um garoto, entre 13 a 15 anos, que ficou um bom tempo escolhendo moletom. Chamou-me a atenção que separou uma porção deles, justamente nas cores vermelha e verde. Perguntou o preço e depois comprou dois moletons. Pagou com um cheque que relutei em aceitar, mas pensei que o documento poderia se constituir em mais uma prova para elucidar os roubos e aceitei.

– E quais providências você tomou em relação ao cheque?

– Coloquei o número do telefone do emitente no verso.

– Ótimo, meu amigo, uma boa iniciativa. Você se lembra, se não for exigir muito da sua memória, de detalhes físicos do mesmo?

– Do menino que me deu o cheque?

– Exatamente.

– Claro.

– Então?

– Nem alto nem baixo, cabelo castanho, raspado, meio forte, moletom verde e um cheiro insuportável de chulé que deixou a loja cheirando a peixe podre.

– Credo, Sindorval! Mais alguma informação?

– Anotei o celular dele, delegado. É 99681559.

– Muito bem, Sindorval, mas, como ele é menor, o cheque é de conta conjunta, evidentemente.

– Exato, delegado, prestei atenção neste detalhe também.

– Obrigado por enquanto e seguimos nos comunicando quando necessário, ok?

– Ok, delegado.

Mais um dia que chegava ao fim. Convidei o delegado para uma caminhada pela praia, desta vez de pés descalços para sentir a areia fazer cócegas em nossos calcanhares. O delegado concordou. Saímos da delegacia, passamos na casa dele, depois na minha. Não falamos sobre o caso, e sim sobre futebol e cinema. Combinamos um jantar em uma churrascaria de Perequê, uma praia próxima e com preços mais em conta. No outro dia, aí, sim, continuaríamos a nos dedicar ao caso dos roubos. E tomara que não acontecesse mais nenhum esta noite. Tomara!

Depois de uma longa caminhada, seis quilômetros no mínimo, voltamos para nossos lares quando já estava meio escuro. Combinamos de nos encontrar na churrascaria por volta das oito da noite. Demo-nos tchau e partimos. Ao chegar ao meu edifício, assim que apertei o botão do elevador, meu celular tocou o hino do glorioso tricolor dos pampas. Esperei, como de costume, o sétimo sinal. Aí atendi. Engano. A costela malpassada estava ótima, assim como a maminha e a salada de beterraba com cenoura, uma das especialidades da casa. Comemos sagu de sobremesa. O cafezinho, evidentemente, não poderia faltar. O delegado Iasbéqui me perguntou em que pé estavam as coisas, em minha opinião pessoal. As coisas, evidentemente, se referiam ao caso dos assaltos. Disse-lhe que já havíamos obtido sensível progresso e avançado bons pontos na investigação. Já podíamos constatar que se tratava de uma ganguezinha de adolescentes, que gostava de se vestir com moletons verdes ou vermelhos, que adotavam o tênis como calçado preferencial e que usavam bonés para complementar seu estilo próprio de indumentária. Que eram quatro no início e, depois, apenas três, de acordo com as pegadas encontradas nos assoalhos, salvo engano de avaliação, o que não acreditava pela experiência que tinha com casos do tipo.

O delegado me escutou com atenção, esperando talvez deduções mais objetivas da minha parte. Não o desapontei na sequência do meu relato. Continuei dizendo para ele que tínhamos também um número de telefone que nos poderia conduzir a alguém de suma importância, envolvido até o último fio de cabelo no caso. E não poderíamos descartar, dentre as provas até agora conseguidas, o detalhe do chulé do velho par de

45

tênis surrupiado de um dos apartamentos. Agora, completei, era ter calma e aguardar os acontecimentos.

Retornei para meu apartamento por volta das vinte e duas horas e sete minutos. Recusei a carona do delegado para vir caminhando e, assim, aproveitar a brisa noturna. Andei um bom bocado entre Perequê e Meia Praia, mas a noite convidativa não me fez sentir cansaço. Vinha distraído, olhando para aqui e para acolá, assobiando uma canção do Luan Santana. Eis que por mim passou um rapazote, quatorze anos se tanto, e para ele a minha atenção se voltou. Minha atenção foi atraída, repito, justamente por um detalhe significativo em minha opinião. O forte chulé que seus pés exalavam, o par de tênis velho que usava e o moletom verde que vestia.

Estava a alguns passos a minha frente, e tentei manter uma certa distância. Conseguia observá-lo sem que me visse. O silêncio da noite me auxiliava neste aspecto. Ele parou numa carrocinha de cachorro-quente. Eu também. Gesto imediato, afastei-me um pouco para que não percebesse minha presença. Fui até o orelhão mais próximo, de onde ainda podia acompanhar o movimento dele, e liguei para o número que a farmacêutica Creusa passou para o delegado: 99681559. Fiquei esperando alguns toques. Como eu pressentia, ele atendeu. Eu desliguei. Voltei para a carrocinha. Ele estava de saída. Cruzamo-nos. Pedi um cachorro sem mostarda e maionese. Solicitei à mocinha que me atendeu que o

46

embrulhasse para viagem. Ela comentou comigo o cheiro desagradável que ficara depois da saída do menino. Concordei. "Amanhã terei novidades sobre as quais nos debruçar", pensei, já antevendo o dia seguinte, quando me encontraria novamente com o delegado Iasbéqui para a continuidade da nossa tarefa.

Dormi como um anjo. Acordei na manhã seguinte de bem com a vida, e lá, lá, lá, cantei enquanto estava no banheiro. Fiz a barba, escovei os dentes, tomei uma ducha, fui até a cozinha, preparei dois ovos fritos e bacon também, peguei o adoçante, leite semidesnatado, era isso aí...

Nove horas e estava tomando o rumo da delegacia. Procurava sempre caminhar, evitando, desta maneira, levar uma vida sedentária. Mesmo assim, com todos os cuidados que tinha com minha saúde, tomava comprimidos diariamente para a pressão e o colesterol. O peso, tenho mantido oito quilos somente acima do ideal. Sei que não era o ideal, mas, na minha idade, beirando os cinquenta, era difícil perder uns míseros gramas que fossem...

– Bom-dia, delegado Iasbéqui – disse ao adentrar a delegacia.

– Bom-dia, detetive Bolotinha – me respondeu ele, estendendo a mão para o aperto afetuoso.

Fomos, de imediato, até a sala que a nós estava reservada. O delegado me olhou como a perguntar:

e então, novidades? Olhei para ele com um sorriso enigmático nos lábios, como se fosse eu um primo de Mona Lisa.

– Novidades, delegado, claro que as tenho – falei usando uma linguagem detetivesca. – Falta apenas colocá-las em ordem de prioridade para começarmos a agir concretamente. Creio, para mim, que a solução do caso em que estamos envolvidos não passará deste final de semana. É só termos paciência e seguir passo a passo o que nos propusermos a fazer.

– E por onde começamos, detetive?

– Por uma ligação telefônica, meu caro Iasbéqui.

Aí contei para o delegado tudo que tinha acontecido na noite anterior, depois que deixamos a churrascaria. Ele ouviu atentamente, dizendo de vez em quando um "mas, bah!". Finalizado meu relato, ele entendeu a razão de eu querer efetuar a ligação como primeira tarefa neste início de novo dia.

Só que...

Antes de começar a discar, meu celular iniciou a tocar a musiqueta que caracterizava o hino do meu time, o honroso tricolor dos pampas, ou seja, o Grêmio. Observei o número que apareceu no visor e o mostrei ao delegado, com certa curiosidade e surpresa: 99681559.

– Mas este não é o número do nosso suspeito? – ele perguntou.

– Exatamente, meu caro Iasbéqui, exatamente. – eu respondi.
– Então, detetive Bolotinha, atenda logo para ver o que ele deseja.
– É isso que farei, delegado, é isso que farei.
Atendi. Depois do sétimo toque.
– Pois não?
– Detetive Bolotinha?
– Ele.
– Não sei, talvez o senhor já me conheça, talvez não, mas eu preciso muito falar com o senhor sobre umas coisinhas que aconteceram aqui em Meia Praia e envolveram meu nome e de outros garotos. Coisinhas bem desagradáveis, comprometedoras mesmo, coisa e tal... nem sei como começar... é isso aí, mas, se eu não desabafar com o senhor, ficarei com isso dentro de mim, me incomodando pro resto da vida, e eu sou novinho ainda, coisa e tal...
– Diga logo do que se trata meu jovem, seja direto e objetivo – eu disse, interrompendo-o.
– Tudo bem, tentarei então. Alguns apartamentos foram assaltados por aqui e só foram tirados das residências tênis, bonés e moletons, só isso, apenas. Acontece que o que seria uma brincadeira, passou dos limites e hoje todo mundo fala como se a cidade estivesse correndo sério perigo, dizendo haver uma gangue violenta aterrorizando as famílias, e não é nada disso. A gente é do bem, boas notas na escola, pode conferir, se o senhor

duvidar. A minha mãe é uma boa pessoa, sempre me educou bem, assim como as mães dos meus outros dois colegas, pode conferir. E eu não quero que as pessoas me vejam como estes meninos nada a ver. Por isso é que estou ligando, pra ver se tem um jeito de reparar o meu erro, de fazer alguma coisa pra não ficar com fama de mau elemento. Deus me livre! Sei que o senhor é detetive especializado em casos que envolvem crianças e adolescentes e que é compreensivo e justo, por isso estou lhe procurando.

– Percebo, meu garoto, pela maneira de você se expressar, que sua argumentação é bem fluente, o que significa que você deve gostar de ler. Isso, sem dúvida, é um bom sinal. Mas preciso de mais dados para acreditar na sua inocência. Ter certeza de que tudo não passou de uma brincadeira muito impensada, de mau gosto mesmo, e que terá de ter suas consequências.

– Concordo com o senhor, detetive Bolotinha. Pode perguntar o que o senhor quiser, que lhe respondo com a maior sinça.

– Sinça?

– Sinceridade, detetive.

– Muito bem, garoto. Por que a série sucessiva de visitas indesejáveis aos apartamentos?

– Eu sou fissurado em tênis e moletom de grife, e os outros caras em boné também. Um dia, de tarde, quando estávamos no edifício de um amigo em comum, para juntos estudarmos, o quarto integrante da nossa turma,

51

que nem era lá muito amigo nosso e sim do dono do apartamento, deu a ideia de a gente entrar no apartamento defronte e ver se encontrávamos algum boné importado. A faxineira tinha ido fazer a limpeza e a porta estava destrancada. Eu não gostei muito daquilo, mas fui junto com eles. Aí aconteceu de eu encontrar um par de tênis velho, mas que era bem do jeito e da marca que eu gostava, só que tinha um chulé danado. Coloquei aquele tênis nos pés e aí começou o meu martírio. Por onde andava, todo mundo torcia o nariz e me olhava. O tênis era 41, e o meu pé é 39. Ficava folgado que só, mas eu me amarrei no pisante, pois parece que ele tinha uma magia, sei lá, não conseguia descalçá-lo. Tomava banho, lavava os pés três vezes por dia, e nada, o chulé só aumentava. E os meninos, seguindo a má liderança daquele outro menino que eu falei antes, continuaram visitando, sem ser convidados, outros apartamentos. Eu só fui no primeiro, isso eles podem confirmar. Mas fui... por isso estava comprometido com eles e com tudo que fizeram depois. E no jornal só saía a notícia de que a gangue do chulé tinha atacado de novo. Só porque o dono do primeiro apartamento falou pra imprensa sobre o tênis malcheiroso que havia sido roubado do filho dele. Daí que resolvi pedir orientação para o senhor, detetive, sobre como agir diante de tudo que aconteceu. Às vezes dá vontade até de chorar, sabia?

– Hum... acho que tenho algo a lhe propor, meu jovem, mas antes preciso conversar com um amigo meu

que também está interessado neste caso. Depois, ainda hoje, ligo pra você. Combinado?
– Combinado, detetive, e por enquanto muito agradecido.
– Vamos ver o que se pode fazer, vamos ver...
O delegado Iasbéqui já havia tomado cinco cafezinhos e parecia impaciente. Assim que terminei a ligação, ele retrucou:
– Pensei que o telefonema iria durar a manhã inteira.
– O garoto é bom de papo, delegado, e preciso conversar contigo sobre este caso.
– Pode ser depois do almoço?
– Claro.
Fomos almoçar cachorro-quente com suco de manga canadense. Chovia em Meia Praia. Após a refeição, fui até meu apartamento escovar os dentes. Comprei, no caminho, uma revista de fofocas. Daquelas bem baratinhas. Liguei minha antiga vitrola ao chegar no meu recanto. O disco de vinil do Erasmo Carlos estava quase furado, mas ainda tocava. Descansei um pouco estirado na poltrona, na sacada. Depois, lentamente, iniciei meu retorno à delegacia. A chuva havia parado em Meia Praia.

"O delegado me esperava, e pelo jeito tinha tomado uma ducha após o nosso lanche. Ou seria a chuva que lhe tinha molhado os cabelos? Mas o que isso importava?", pensei.

– Delegado – comecei a falar –, voltemos ao assunto do telefonema que recebi. Talvez isso possa nos ajudar a chegar ao fio da meada. O rapaz pareceu-me um bom menino, pelo menos detectei sinceridade em suas palavras, não se contradizendo ao longo da nossa conversa. Acho que o que aconteceu não foi assim tão grave, a ponto de ser necessário mobilizar a polícia e a opinião pública de Itapema. Mas devemos, mesmo assim, tomar alguma providência mais enérgica. Logicamente a decisão será do amigo, que é a autoridade policial da cidade.

Contei tudo, a seguir, ao delegado Iasbéqui, que me ouviu atentamente, olhar sagaz como de todo bom policial.

– O problema – começou a falar – é esse quarto elemento da turma, o que realmente os conduzia para o mau caminho. Como vamos pegar leve com três dos meninos e só incriminar um deles?

– Antes de qualquer decisão, delegado, penso eu, devemos procurar este garoto e saber a versão dele para os acontecimentos.

– Então, detetive, ligue para o seu contato e descubra como podemos fazer isso.

– É pra já, delegado.

Não foi nada difícil fazer o que o delegado sugerira. Liguei para o garoto, expliquei pra ele sobre a necessidade de descobrirmos o paradeiro do quarto menino da gangue, e ele prontamente me respondeu. O quarto menino, como nós o estávamos chamando, esperto que era e já experiente nos melindres das más ações, vendo que o cerco estava fechando, fugiu para lugar incerto e não sabido. Nem um tio próximo sabia do seu paradeiro. Como os pais, segundo esse tio informou, moravam no interior do Macapá, a busca seria inútil, se é que ele estava por lá.

De posse desta informação, o delegado Iasbéqui respirou aliviado, bom homem que era. Olhou para mim e pediu mais um favorzinho.

– Bolotinha, meu caro amigo, pede, por favor, ao garoto que venha nos visitar trazendo seus dois outros companheiros. E diga a ele que pode vir tranquilo, sem receio, pois, embora o encontro seja na delegacia, nada de mal irá acontecer.

– Tudo bem, meu caro Iasbéqui, assim o farei.

Novo contato, tudo acertado, sem problemas. Os garotos só pediram um tempo para tomar banho e trocar de roupa, pois estavam jogando futebol na praia. Só pedi que o garoto que usava tênis velho e malcheiroso fizesse o favor de vir com outro calçado. Ele prometeu que sim e deu um risinho sem graça.

Os três apareceram no final da tarde. Vestidos, para variar, de moletom verde, bonés de cores variadas, estilo craque Neymar, e tênis. Não percebi chulé em nenhum deles, o que tive que comentar para descontrair o ambiente.

Apresentei o delegado Iasbéqui, que fez um sinal com a cabeça indicando-lhes as cadeiras para que sentassem.

– Nós trouxemos para os senhores darem uma olhada – nos disse o primeiro garoto, alcançando umas folhas com o timbre da escola estadual contendo as notas bimestrais de cada um deles. Todas, é bom salientar, ótimas. O delegado os cumprimentou. Eu também.

– Esta é a fotografia da minha querida mãe – disse o primeiro garoto.

– E esta é da minha – disseram os outros dois ao mesmo tempo, cada qual alcançando a da sua mãe.

– Muito bem – falou o delegado –, muito bem. Já vi que vocês são bons garotos, bons filhos. Mas, infelizmente, a brincadeira de vocês foi longe demais e quase que acaba lhes complicando. Por isso, e para seguir a lei, não podemos deixar o dito pelo não dito, concordam comigo?

– Concordamos, senhor delegado, e estamos cientes de que temos que pagar pelo que fizemos – falou um dos meninos. – Só que o Rafaelo participou apenas da primeira vez.

Aí fiquei sabendo o nome do menino que me procurou: Rafaelo.

– O que interessa é que vocês três estão arrependidos e dispostos a arcar com as consequências, né? – falou o delegado.

– O que sugere, detetive? – continuou Iasbéqui, perguntando-me se eu tinha alguma ideia para apresentar.

– Estava pensando o seguinte – disse eu. – Os meninos, para saldar a dívida para com a sociedade, bem que poderiam visitar as escolas aqui da região e conversar com as turmas da sétima e oitava séries sobre a importância de se ter limite para tudo, até mesmo na adolescência. E narrar, por que não, a aventura que tiveram e que quase foi malsucedida. Acho, delegado e meninos, que o exemplo é tudo. Vocês poderão falar sobre a vontade de ter o que se almeja, no caso foi um par de tênis, um moletom ou um boné, e ver a complicação que isso pode trazer quando se busca adquiri-los de manei-

57

ra incorreta. Poderão dizer que é melhor gostar do que se tem do que buscar ter o que não lhe pertence. E isso vale para todas as coisas. Têm brincadeiras que podem nos trazer muitos problemas, por isso, saibamos distinguir as sadias das danosas, as perigosas das inocentes. E para descontrair, lembrei agora do tênis fedido, poderiam falar também sobre higiene pessoal, não é? Não sei, mas foi isso o que me veio à mente agora...

– O que vocês acham, garotos, da ideia do detetive Bolotinha? – perguntou o delegado.

– Eu acho bem coerente e estou disposto a aceitá-la. Inclusive a parte da higiene pessoal – sorriu Rafaelo.

– Nós também – concordaram os outros dois meninos, que, soube depois, se chamavam Assis e Ariovaldo.

– Mas antes – falou o delegado Iasbéqui – tenho que conversar com os proprietários dos apartamentos para ver se eles concordam com nossa solução para os casos dos assaltos.

– Muito justo – concordou com humildade o Rafaelo.

Apreensão na delegacia. O delegado telefona para um e para outro proprietário. Uma hora depois, quanto tempo! Finalmente tudo resolvido da melhor maneira possível. As queixas foram retiradas, formalmente.

Então ficou combinado que o delegado iria pessoalmente ao jornal da cidade dar uma entrevista e explicar o ocorrido para a população de Itapema, e eu iria orientar e acompanhar os meninos nas visitas a escolas de

Itapema, Porto Belo, Tijucas, Bombas e Bombinhas, Balneário Camboriú, Itajaí, Brusque e Blumenau. Os meninos iriam toda semana a uma das escolas escolhidas para as visitas. E todos trajariam moletom vermelho com os seguintes dizeres bordados no peito: EU SOU DO BEM, com tênis bem limpinho. Boné, durante as visitas, não. Só depois.

Despedimo-nos, era quase noite. O delegado Iasbéqui fez uma última ligação para o jornal agendando sua entrevista para o outro dia. Eu convidei os meninos para um lanche no quiosque à beira-mar, tudo por minha conta.

– Posso fazer uma coisinha antes? – perguntou-me Rafaelo.

– Claro – respondi – O que é?

– Jogar bem longe, ao mar, este meu par de tênis velho e malcheiroso que acho que nem o dono quer mais.

Aí, a risada foi geral. E mais um caso chegou a um bom final.

Ah... lembrei agora, ainda bem...

O delegado Iasbéqui resolveu pagar um jantar não só para mim, mas para os três garotos também.

Agora sim...
Este caso chegou ao

FIM.

TERCEIRO CASO

DOIS PRESENTES INESQUECÍVEIS

Pois o novo ano se iniciou por demais alvissareiro para minha pessoa. Se não, vejamos, como diriam os mais antigos. Primeiro, a homenagem singela da turminha da terceira série do primeiro grau do Grupo Escolar da Diversidade Ecumênica Juscelino Neves, de Unaí, bela cidade das alterosas Minas Gerais. Eles me escolheram por unanimidade a personalidade do ano pelos serviços prestados na elucidação de casos investigativos que envolviam adolescentes em seu contexto mais amplo. Esta definição foi da própria turma, o que demonstra sua maturidade literária, apesar da tenra idade.

A seguir, vi-me objeto central de mais uma terna homenagem provinda dos alunos. E esta me veio da longínqua Porto Velho, na carinhosamente escaldante Rondônia. Uma escola conceituada na cidade pela ótima qualidade do seu ensino escolheu meu nome para patrono da biblioteca de livros policiais, de suspense e de aventura com surpresa no final. Biblioteca Detetive Bolotinha, este era o nome que a plaqueta na porta de entrada identificava. A ideia, soube pela bibliotecária Morgana Mariana, foi dos alunos da quarta série, impressionados que ficaram quando souberam dos meus feitos por esses brasis afora.

O terceiro emocionante momento pelo qual passei me chegou da gélida serra gaúcha. Mais precisamente de um educandário de Caxias do Sul, de uma turma da quinta série. Eles me agraciaram com o convite para ser presidente e jurado consultor de um concurso literário de histórias policiais. E, ainda, ao entrarem em contato comigo para me conceder tamanha honraria, disseram que, após a entrega dos diplomas e placas aos agraciados, eu teria que me submeter a um bate-papo com todos os alunos da escola. Eles me perguntariam o que quisessem sobre literatura, o que fazia e como agia um detetive diante de casos que envolviam crianças, estas coisas que nem se imaginavam passar pelo imaginário infantil.

Estava eu a caminhar e a pensar como a fama se espalha tão rapidamente por todos os lugares. E cada vez mais eu estava a pensar também que gosto do que faço. E o motivo deste gostar era que, simplificando minha explicação, adorava crianças e tudo que estava ligado a elas. Estava eu a pensar e a caminhar pelo calçadão, a brisa a desalinhar meus escassos cabelos, quando, como sempre acontece, o celular tocou a musiquinha do Grêmio. Atendi, como sempre acontece, no sétimo toque. Uma voz angustiada, de mulher, do outro lado da linha, me perguntou:

– Detetive Bolotinha?

– Oi – respondi monossilábico.

– Podes atender?

– Posso. O que a aflige que está com a voz tão insegura?
– Dá para perceber?
– E como!
– É que estou preocupada e quase chegando ao desespero.
– A situação, minha senhora, é para tanto?
– Para mim, sim.
– Então, se acalme, por favor, e me conte para que eu possa saber como e se posso auxiliá-la.
– Obrigada, detetive. Mas não preferes que eu ligue em uma outra hora? Posso estar te atrapalhando agora.
– Seria melhor que sim, senhora. Ligue-me então depois das nove que estarei em casa, e aí poderemos conversar mais calmamente.
– Ligarei, detetive, e mais uma vez obrigado pelo teu cavalheirismo e atenção para comigo.
– Ora, minha senhora, estou fazendo aquilo que é o habitual em minha pessoa, quando estou diante de uma mulher, mesmo sendo ao celular.
– Tu és um galanteador, detetive!
– Ora, minha senhora, são seus olhos, mesmo que não esteja me vendo.
– E tens senso de humor também, detetive.
– Pois é... então, depois das nove, certo?
– Certo, detetive, e *bye, bye.*

Comecei a imaginar, tão logo desliguei o celular, como seria essa senhora, possivelmente uma nova futura cliente dos meus préstimos. Alta? Baixa? Magra? Gordinha? De óculos? De lente? Bonita? Mais ou menos? Simpática? Devia ter filhos, pois, se não, não me ligaria. Viúva? Casada? Solteira? Não tinha a mínima noção, mas continuava a caminhar e a imaginar como ela seria. Independente? Submissa? Artista? Dona de casa? Professora? Balconista? Gerente? Aposentada?
Fiz meu lanche, sanduíche de atum e suco de graviola panamenha. Tomei uma ducha e barbeei-me. Enquanto esperava o telefonema, comecei a leitura do livro mais recente do Luis Fernando Veríssimo. Na velha vitrola, um vinil do Roberto Carlos inebriava o ambiente do meu pequeno apartamento com sua voz dolente e nostálgica a entoar "Meu pequeno Cachoeiro". Distraí-me embalando meus pensamentos entre uma hilariante leitura e um som que me levava às namoradas da minha juventude. Quando me deparei com o tempo, o relógio da parede da sala marcava vinte e uma horas e dezessete minutos. Justamente neste instante tocou o celular. Aguardei o sétimo toque. Atendi.

– Alô.
– Detetive Bolotinha, sou eu de novo.
– Quanta pontualidade!
– Espero que estejas mais descansado.
– E estou. Podemos reiniciar o nosso assunto.
– Posso?
– Sou todo atenção.

– Então... como estava te falando, estou com um probleminha aqui em casa. Mudei-me a pouco mais de um mês de São Paulo para Goiânia, trabalho numa empresa multinacional, e comigo veio minha filha de oito aninhos, a Giovana, somos eu e ela, pois meu casamento, infelizmente, acabou faz uns três anos, e a Giovana ficou comigo. O pai é norueguês e voltou para o seu país, só tendo contato com a filha uma vez por ano. Mas o que me preocupa, Detetive Bolotinha, é que minha filha mudou radicalmente seu comportamento depois que saiu de São Paulo. Da menina extrovertida que era, agora mal e mal fala comigo, preferindo ficar enclausurada em seu quarto. Na escola, a supervisora me falou que ela também procura ficar sozinha, embora as coleguinhas a convidem insistentemente para brincar. Como soube do seu excelente trabalho e dos seus métodos criativos e pedagógicos para resolver sempre da melhor maneira possível casos que envolvam crianças e adolescentes, tomei a liberdade de procurá-lo para ver se podes me ajudar. Não sei se fiz certo...

– Você agiu corretamente, minha senhora. Mas, para nos conhecermos, que é o que precisamos daqui pra frente, qual é o seu nome?

– Matilde. Quer dizer que vais me ajudar, detetive?

– Exatamente. E para isso precisarei, Matilde, de algumas informações, mesmo que por telefone, sobre a Giovana. É para me organizar em relação aos primeiros passos, entende?

– Perfeitamente, detetive, e isso me deixa já otimista em relação ao resultado final. O que o senhor deseja saber?

– A partir de agora, esqueça o senhor, Matilde. Quanto mais proximidade tivermos, como já salientei, e com o respeito que você merece, ficará bem melhor e mais fácil para ambos.
– Volto a repetir, tu és um *gentleman*, Bolotinha.
– Pois bem, Matilde, voltemos à vaca fria, ou seja, ao que interessa, antes que nossa conversa descambe para um outro caminho. Você me falou que a Giovana tem oito anos, é uma menina esperta, nunca antes apresentou quaisquer problemas em termos de relacionamento, sempre teve bom comportamento na escola, sempre sociável, e agora, em Goiânia, é que está apresentando este novo quadro que tanto a preocupa como mamãe, correto?
– Exatamente, detetive, é isso aí.
– E ela tem bastante brinquedo? De que ela mais gosta de brincar? Fica muito tempo diante da televisão? Tem computador em casa?
– Detetive, minha menina vive cercada de bonecas, joguinhos dos mais variados tipos, todos de acordo com sua faixa etária, e ela adora brincar com todos eles. Quanto à televisão, assiste apenas aos programas infantis de que mais gosta e que são apropriados para sua idade. Isso quando não está brincando ou estudando. Tem computador, sim, mas ainda não se interessa em ficar muito tempo diante dele. Precisas de mais alguma informação?
– Não, não, está ótimo por enquanto. Já podemos até marcar uma data para que eu me desloque até Goiânia. Alguma sugestão?

69

– Pode ser quinta-feira que vem? Hoje é sexta e teremos quase uma semana para nos organizarmos a respeito de passagens e hospedagem por aqui. E podes deixar, detetive, que providencio tudo.

– Por acaso és gaúcha Matilde, já que falas tanto tu?

– Sou da fronteira do Rio Grande com o Uruguai, mas fui para São Paulo trabalhar como modelo faz quinze anos, aí casei e fiquei por lá. Incomoda-te tanto o tu?

– De jeito maneira, pois sou gaúcho também. Só que me acostumei com o tratamento você, e agora raramente digo um tu como tu.

– Ah, detetive, tu és o máximo.

– Obrigado, Matilde, e ficarei no aguardo. Boa-noite pra vocês.

– Boa-noite, detetive, e até breve.

Realmente, aqueles dias passaram numa celeridade incrível. Quando menos esperei, quinta-feira, aeroporto de Florianópolis rumo a Goiânia, lá estava eu. O fusca azul, que me conduziu de Itapema a Floripa, ficou no estacionamento. Pelos meus cálculos, a permanência em Goiânia não iria além de uma semana. Dentro do avião, enquanto a proximidade das nuvens me fazia acreditar estar pertinho de Deus, voltou-me o pensar sobre como seria Matilde, mas logo fui interrompido pela comissária a me oferecer um pacotinho de amendoim salgado e um copo de refrigerante. Leve turbulência, alguns avisos nada importantes em inglês, e um outro comunicado de que em breve estaríamos no aeroporto de Goiânia. E assim foi.

Peguei um táxi, dei o endereço do hotel para o motorista, queixei-me do calor, elogiei a cidade, toda arborizada com suas largas e alegres avenidas. Puxei conversa, falei das duplas sertanejas, e o motorista, com certo orgulho, falou delas mais ainda. Chegamos ao hotel. Paguei a corrida, agradeci. "Boa-noite!", ele respondeu e me entregou seu cartão, caso precisasse mais adiante de outra corrida.

Tão logo me instalei no quarto aconchegante, liguei para Matilde avisando que já estava na cidade. Ela ficou contente e disse que me esperaria na manhã seguinte para tomarmos juntos o café da manhã em seu apartamento. "Aí tu conheces a Giovana", completou. Concordei, desejei-lhe boa-noite e fui tomar uma ducha para dormir mais confortavelmente.

Dispensei o café do hotel com certa peninha. Geralmente, esta é uma das melhores partes da hospedagem. Além do banho e de uma boa cama. O restante é supérfluo, apenas para aumentar o valor da diária. Pensava nisso quando o taxista avisou: "É aqui".

O edifício era de classe média alta, bem alta. E alto também, com talvez trinta e dois andares. Matilde morava no vigésimo terceiro. O porteiro me deixou entrar sem problema, pois tinha sido avisado da minha chegada. Toquei a campainha. Matilde apareceu, linda e sorridente, e me deu bom-dia.

– Quem é, mamãe? – perguntou alguém delicadamente.

– É um amigo da mamãe, Giovana. Vem conhecê-lo.

– Não vou – ela respondeu, e ouviu-se o barulho de um fechar de porta.

– Não insista – eu disse –, deixe Giovana à vontade.

A seguir, fui convidado a sentar diante de uma mesa recheada de guloseimas da mais alta qualidade. Sucos, leite, bolo de fubá, pudim, café preto, nada faltava. Apareceu uma secretária, Matilde falou que estava tudo bem, ela retirou-se para a cozinha. Começamos a saborear nosso café.

– Já conhecias Goiânia? – perguntou-me Matilde.

– Ainda não – respondi –, mas estou maravilhado.

– Estás bem acomodado no hotel?

– Muito bem.

– Então podemos conversar mais um pouco sobre Giovana?

– É para isso que estou aqui, Matilde.

Assim, sem mais nem menos, ela surgiu entre nós, rostinho triste, camisolinha dourada. Sentou perto da mãe, me olhou com desconfiança. Ofereci para ela um biscoito. Ela pegou e escondeu a mão. Peguei um copo, coloquei suco de laranja.

– Para a princesinha – eu digo.

– Obrigada – ela disse e pegou o copo.

– Agora, minha amiga, você já tem um biscoito e um copo de suco, não é? Já pode começar a sua refeição matinal.

– Quem é você? – ela pergunta.

– Eu sou um contador de histórias – respondi.

– Um autor de livrinhos?

– Mais ou menos isso. Você sabia que a gente pode contar histórias para as crianças e ainda não ter escrito um livro?
– Como assim?
– Vou explicar. Se você sentar no sofá e eu começar a contar uma história, as palavras irão surgir de uma maneira bem bonita, para tornar o que eu estou contando interessante. Se eu não esquecer essas tais palavras e as colocar depois no papel ou digitar no computador, isso se poderá transformar num livrinho. Aí, sim, além de contador de histórias, eu serei escritor.
– Eu acho que entendi, mas é você mesmo que irá desenhar o que a história conta?
– Pode ser eu, pode ser você. Aliás, minha amiguinha, quem sabe não fazemos um livrinho juntos, nós dois, hein?
– Bem legal a sua ideia. Mas... como é o seu nome?
– Bolotinha.
– Bolotinha? Que engraçado!
Matilde avisou-me de que teria de ir para o trabalho. Questionou se eu não me importava de ficar com Giovana pela manhã, já que à tarde ela iria para a escola de van. Respondi que não, que seria um prazer a companhia dela e que aproveitaria para investigar um pouquinho mais sobre o que poderia estar afetando emocionalmente minha amiguinha. Matilde sorriu e agradeceu, dizendo que, se eu precisasse de algo, pedisse a Cecília

73

Maria, sua secretária. Foi minha vez de agradecer e falar que ela poderia ir tranquila, que eu tomaria conta de tudo, demonstrando uma natural intimidade e retribuindo a confiança que ela depositava na minha pessoa.

– Posso conhecer seu quarto? – perguntei para Giovana.

– Vem comigo – ela respondeu e Cecília Maria nos acompanhou.

A primeira impressão que causei em Giovana foi, no meu modo de percepção, altamente satisfatória. Se ainda não éramos amigos, pelo menos ela não tinha me rejeitado. E isso iria facilitar sobremaneira o que viria a seguir. O apartamento era lindissimamente decorado. Pude me aperceber desse detalhe ao caminhar da cozinha ao quarto de Giovana.

– É aqui – ela disse.

– Com licença – eu disse.

– Pode entrar, Bolotinha – ela disse, sorrindo de novo ao pronunciar meu nome.

– Como é bonito seu quarto, princesinha – eu disse, olhando para tudo em volta.

– Obrigada.

– E como você tem brinquedos, hein? – eu disse, demonstrando ar de admiração.

– Dentro do armário ainda tem mais, sabia?

– Outra hora quero ver todos os seus brinquedos. Posso?

– Claro! É só me dizer que eu mostro.

– Mas, além de brincar com seus brinquedos, o que mais você gosta de fazer quando está no seu quarto?
– Eu gosto de olhar as fotografias do meu álbum.
– Olhar fotografias?
– É... mas isso me deixa muito triste, sabia?
– Por quê?
– Vou contar pra você.

Sentei-me num pufe preto perto da cama. Giovana e Cecília Maria sentaram-se na cama, perto do pufe preto. Sou muito detalhista, vocês devem estar percebendo, mas é por conta da minha profissão. Desta vez fui eu quem começou a conversa.

– Giovana, minha princesinha, antes que você comece a me contar sobre a razão de ficar triste quando vê as fotos, eu quero também lhe contar uma coisa. A sua mãe está muito preocupada com você e percebeu algumas mudanças depois da vinda de São Paulo para Goiânia. Lá, você era uma garota alegre, divertida, brincalhona, sempre com muitas amigas ao redor; aqui você prefere ficar sozinha, quase não sai do seu quarto, não quer brincar com suas novas colegas. Isto tem a ver com as fotografias?

– Bolotinha, você parece até detetive. Acho que a minha mãe contratou você para descobrir o que está acontecendo comigo. Mas eu não sei se vou deixar você descobrir por que é que eu fico triste ao folhear meu álbum, sabia?

Pensei com meus botões, embora estivesse de camiseta polo rosa choque, que Giovana já começava, embora timidamente, a confiar em mim. E que, na realidade, eu não estava diante de um caso espinhoso, mas sim diante de um dos tantos desencontros existentes entre pais e filhos, que se traduzem em falta de comunicação, em um não acompanhar com percepção mais sensível o que ocorre no dia a dia de um lar. O relato de Matilde, tudo levava a crer, pelos primórdios que eu estava a presenciar, se enquadrava perfeitamente nesta minha última análise, ou seja, ela não estava percebendo o que, diante de seus olhos, se escancarava.

Giovana me esperava, impaciente, sentada na sua cama.

– Posso começar a contar agora?

– Claro, princesinha.

– Então senta quietinho aí.

– Muito bem... Por que ver as fotografias do seu álbum deixa você triste?

– Pensei que tinha esquecido que era sobre isso que eu iria falar.

– Viu como eu sou um bom ouvinte?

– Então, tá... vou começar.

O álbum era imenso e Giovana o colocou sobre a cama. Depois, desafiadora, pôs-me à prova, obviamente.

– Quero ver agora se você é um bom detetive mesmo.

– O que devo fazer para lhe provar isso?
– Olhar todas as fotos e descobrir o motivo da minha tristeza. Por isso resolvi que não vou contar nadinha pra você. Mas, se você descobrir, eu confirmo se é verdade ou não.
– Vou encontrar este motivo logo, logo, quer apostar? Esta tática de apostar era uma das minhas preferidas.
– Aposta aceita, Bolotinha. Você tem toda a tarde para encontrar esse motivo. Mas nós vamos apostar o quê?
– Pode ser um livro de histórias?
– Legal. Pode ser sim.

Cecília Maria nos convidou para o almoço, que já estava servido.

– O que tem hoje? – perguntou Giovana.
– Feijão mexido e arroz colorido – respondeu ela.
– Só isso? – perguntou Giovana.
– E carne ao forno também – respondeu ela.
– Você gosta dessas iguarias? – perguntou-me Giovana.
– Adoro – respondi.
– Não sei bem o que é iguaria, mas, como a minha mãe sempre fala assim, eu acho legal falar também – falou Giovana.
– Gente, vamos almoçar? – interrompeu Cecília Maria.
– Vamos – eu disse –, senão as iguarias esfriam, não é?

Almoçamos sem tocar no assunto das fotografias. Matilde telefonou para perguntar se estava tudo bem. Cecília Maria atendeu e informou que sim. "Manda um

77

beijo pra mamãe", gritou Giovana. Eu terminava de sorver o último gole do meu delicioso cafezinho. Pelo interfone, o porteiro avisou que a van já estava esperando. Giovana foi até o banheiro escovar os dentes e terminar de se arrumar. Cecília Maria a acompanhou, diligente. "Até mais tarde, Bolotinha, e du-vi-de-o-dó que você vá descobrir o motivo da minha tristeza", provocou-me Giovana. A porta se abriu e se fechou. Cecília Maria perguntou-me se queria outro cafezinho. Agradeci a gentileza e elogiei o almoço. "Com licença", ela disse. "Pois não", respondi. O relógio na parede da sala marcava treze e quatorze. Ou uma e quatorze, tanto fazia.

Dirigi-me ao quarto de Giovana. Peguei o álbum que estava na escrivaninha junto aos demais livros da menina. Abri a janela para que entrasse a claridade. Sentei-me na cama e comecei a folheá-lo, examinando cautelosamente cada fotografia.

Eram várias. Em todas Giovana aparecia. Com seus pais, suas amigas, de pijama, na praia, em São Paulo, Goiânia, em aeroportos, no seu quarto, na piscina do clube, com um filhote de *yorkshire*, na escola, em aniversários seus, com os avós maternos em Livramento. Cheguei ao final do álbum. Recomecei a vê-lo, só que agora selecionando as fotografias que mais me chamaram atenção. Em muitas delas, percebi algumas particularidades que meus olhos de lince não deixavam de se intrigar. Em vários momentos, Giovana foi fotografada com um ursinho de pelúcia no colo. Por outro lado, só encontrei um retrato dela com o *yorkshire*. Achei entranho. Fechei o álbum. Percorri o quarto à procura dos brinquedos de Giovana. Pedi ajuda a Cecília Maria para que minha intrusão não fosse mal interpretada. Vasculhamos gavetas, armários, prateleiras, o que estava em cima da cama, o que estava espalhado pelo quarto. Não encontrei em parte alguma o ursinho de pelúcia.

No final da tarde, quase que no mesmo horário, chegaram Matilde e Giovana. Cumprimentamo-nos e nos perguntamos como tinha sido nosso dia. Matilde me contou o trivial, pois nada de especial aconteceu em seu trabalho. Sou muito detalhista, já falei antes. Já Giovana

seguiu direto para o seu quarto. Pareceu-me chorosa. Ficamos eu e Matilde na sala.

Aproveitei para conversar com ela.

– Matilde, parece que a nossa princesinha continua com a tristeza a permear seus dias.

– Eis aí a razão maior de ter te procurado, Bolotinha.

– Mas você não desconfia do que pode realmente estar acontecendo?

– Sinceramente, não, e é isso que me angustia.

– Como mãe atenciosa e sempre alerta, Matilde, você não percebeu mesmo algo que justificasse essa metamorfose de comportamento? Por menor e insignificante que fosse este detalhe?

– Hum...hum.

– Pois eu acho que já tenho alguma pista...

– Não me diga!

Cecília Maria, como sempre prestativa, avisou que o jantar estava servido. Interrompemos nosso diálogo, deixando para depois da refeição noturna. Giovana gritou do quarto que não queria jantar. Cecília Maria, então, preparou-lhe um sanduíche de presunto cozido e suco de limão.

Jantamos em silêncio. A televisão estava ligada no noticiário. Lá fora, chovia.

Depois do café, voltamos à sala, ao sofá. A pedido de Matilde, Cecília Maria desligou a televisão. A chuva cessou. Coisas de Goiânia.

81

– Continuemos nossa conversa, detetive? – perguntou Matilde, saboreando uma barra de chocolate amargo.

– Para o bem da nossa menina, sim – eu respondi, degustando um vinho branco suave, gelado, servido numa taça de cristal.

– Me falaste que tens algumas pistas que justificam esta mudança comportamental e emocional em minha filhinha e me perguntaste se eu delas me tinha apercebido. Respondi que não. Porém, detetive, pensando melhor, talvez alguma coisa eu possa ter notado, sim, mas não tenha dado a importância devida.

– O que, por exemplo?

– Saudade do pai, a ausência da babá e de alguma colega em especial, sei lá...

– Pois preciso lhe dizer que acho que não é nada disso, embora sejam importantes tais constatações.

– E o que seria então, detetive? Diz-me, que estou morrendo de ansiedade.

– Muito bem, Matilde, vamos às minhas conclusões, então.

Cecília Maria veio nos dar boa-noite. Giovana continuava em seu quarto.

– Desembucha, detetive, que não aguento mais de curiosidade.

– Gostei do desembucha. Admiro pessoas espontâneas, pode crer.

– E então?

– Nas fotografias que vi e analisei no álbum de Giovana, notei que em muitas ela está acompanhada de um ursinho de pelúcia e verifiquei que este ursinho não se encontra mais entre seus brinquedos, aqui em Goiânia. Deteve-me a atenção, também, que em apenas uma foto ela aparece com um cãozinho preto da raça *yorkshire*. Você poderia me dizer alguma coisa sobre estes dois fatos aos quais me referi?

– Como você se expressa bem, detetive Bolotinha. Parabéns pelo bom uso do vernáculo. Quanto ao ursinho de pelúcia, foi presente da "dinda" dela no seu terceiro aniversário. Achei que ele estava velho demais e resolvi doá-lo para uma instituição de caridade em São Paulo. E cá para nós, a minha Giovana já está bem grandinha para ainda se sentir apegada a tais mimos. Em relação ao cachorro, era Sherlock o nome dele, e foi presente do meu pai, no Natal do ano passado. Mas infelizmente um automóvel o fez partir desta para melhor. Sabe o trânsito doido da pauliceia desvairada, um horror. Notei Giovana inconsolável nos primeiros dias, mas depois se conformou com o infortúnio.

– Como você está equivocada, Matilde!

– Como assim, equivocada?

– A Giovana continua, sim, afeiçoada ao seu ursinho de pelúcia. A Giovana continua, sim, sentindo falta do seu Sherlock. Ela tem coração, Matilde, tem sentimentos, emoção. E isso, me desculpe a intromissão, você deveria ter notado como mãe.

83

Não sei se devia ter falado assim, tão sinceramente, ao expressar a minha opinião. Matilde deixou rolar algumas lágrimas. Tentei acalentá-la colocando com suavidade respeitosa a mão em seu ombro direito. Ela acalmou-se.

– Perdão – pedi –, Matilde, mas foi o que me veio à cabeça. Sei que é uma ótima mãe, prova maior é que a Giovana está com você e que oferece a ela tudo que há de bom e de melhor.

– Estás perdoado, Bolotinha, mas o que posso fazer agora para reparar essa falha de minha parte para com o bem-estar da minha filha querida?

– Pode providenciar duas coisas bem simples.

– O quê?

– Comprar um novo ursinho de pelúcia para ela e presenteá-la também com um outro cachorrinho.

– Amanhã mesmo farei isso, prometo.

– Ficarei aguardando a reação da nossa princesinha e tomara que seja isso mesmo a causa da tristeza dela.

Era quase meia-noite quando retornei para o hotel. Foi um longo dia. Combinei com Matilde que no dia seguinte nós não nos encontraríamos. Iria aproveitar o sábado para visitar a famosa feira livre de Goiânia. No domingo, sugeri que ela entregasse os presentes para Giovana. E que passeassem só as duas pela cidade. Que fossem ao cinema, shopping, se divertissem enfim.

Na segunda-feira, bem cedinho ainda, surpresas me aguardavam no saguão do hotel. Uma sorridente Giovana e uma Matilde de rosto transbordante de felicidade vieram me convidar para tomar café da manhã com elas. Pedi só um tempinho, fui até meu quarto, voltei. Ao entrar no carro, mais uma surpresa.

No banco de trás onde sentei, um *yorkshire* latiu para mim. Fiz um carinho e perguntei o nome dele. "Mandrake", respondeu Giovana, não cabendo em si de alegria. "E ainda tem mais, Bolotinha", ela disse. E me mostrou o ursinho de pelúcia que estava em seu colo.

– Vocês querem saber de uma coisa? – disse Giovana, assim que Matilde deu a partida em direção ao seu apartamento.

– O que, princesinha? – perguntei.

– Não existe nem em Goiânia nem em outro lugar do Brasil alguém mais feliz do que eu.

– Isso significa que ganhei a aposta, concorda? – provoquei.

– Concordo, sim. E posso lhe dizer outra coisa, Bolotinha?

– O que desta vez?

– Você é o detetive mais legal e engraçado do mundo, sabia?

– Nem tanto, princesinha, nem tanto – respondi com a humildade que me era peculiar.

Tomamos um café da manhã delicioso recheado de rocamboles de alegria, que pãezinhos frescos cobertos de leite condensado de magia acompanhavam. Depois, tudo voltaria à rotina habitual. Matilde iria trabalhar e

Giovana, agora uma nova menina, iria para o seu quarto curtir o ursinho e o Mandrake. Cecília Maria se deteria em seus afazeres domésticos, e eu... Voltaria para Meia Praia, mais uma vez, com a missão cumprida. Mais uma vez, orgulhoso do que fazia. Do que faço. Do que, com a graça de Deus, continuarei sempre fazendo.

– Detetive, meu bom amigo, quanto te devo? – me pergunta Matilde, em frente ao hotel, onde me deixaria para pegar a bagagem, um táxi e seguir para o aeroporto.

– Você pode esperar só um pouquinho? – perguntei.

Matilde concordou. Saí do carro, fui até uma loja próxima dali, comprei um pequeno cobertor vermelho para o ursinho e uma tigela de barro para que Mandrake pudesse sempre tomar uma água geladinha. Voltei.

– Muito bem, Matilde. Leve estes dois presentinhos meus para a Giovana. E diga que já estou com saudade dela. Que deixei também abraços para seu ursinho e para o Mandrake. Ah, e que não quero mais saber notícias de que ela está tristinha, viu?

Matilde, de novo, não pôde e nem quis conter suas lágrimas. Só que desta vez eram bem mais suaves, coloridas, lágrimas de mãe.

– Bolotinha, tu não me disseste quanto...

– Quanto o quê, minha senhora?

Ela sorriu e deu tchau, antes de partir.

Eu acenei e sorri, vendo o carro partir.

Estava um calor muito forte em Goiânia naquela manhã.

87

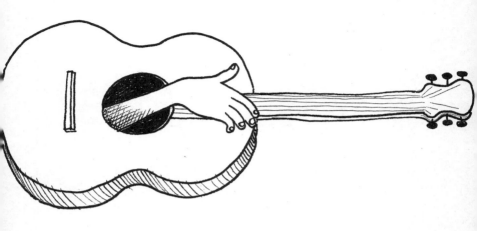

QUARTO CASO

O MISTÉRIO DOS CINCO VIOLÕES

A Funerária Final Feliz situava-se em uma rua distante da parte central da cidade. Suas paredes externas, eram todas pintadas de roxo-escuro. A porta e as janelas, de um roxo mais claro. Não tinha muitas peças, a funerária. Apenas uma imensa sala de entrada, onde ficavam enfileirados os produtos da empresa, um escritório logo adiante, um banheiro e a cozinha. Num galpão ao lado é que se construíam os caixões. De todos os tamanhos. E qualidade também...
Mas por que eu estou falando nesta funerária para vocês? Querem saber, não é? Pois lhes conto. É o seguinte: fui visitar uma prima minha em Pelotas, outrora denominada a Princesinha do Sul, cidade gaúcha situada no sul do Rio Grande do Sul logicamente, e a Thelma Evelyn, este é o nome dela, da minha prima que me convidou para passear na Rua XV de Novembro, a mais importante da cidade de Pelotas, e, vejam só, ouvi alguém assobiar.
Alguém assobiou, eu disse no parágrafo anterior. Olhei para ver se era para mim, intuição apenas. Não era. Seguimos adiante conversando sobre o passado, pois Thelma Evelyn havia, como eu, também passado das trinta e tantas primaveras há muito tempo,

por isso muita coisa tínhamos para relembrar, já que fazia anos que não nos víamos. Embora fosse eu natural de Arroio Grande, minha cidade natal era bem próxima de Pelotas, que igualmente não visitava desde que de lá saí na minha mocidade.

Em Pelotas chove muito e a umidade é intensa. A Funerária Final Feliz inundava com facilidade. Qualquer despencar de água mais forte e duradouro e ela ficava praticamente ilhada. E os caixões boiavam causando perda total. E se, por infortúnio, alguém precisasse dos préstimos derradeiros da funerária, aí era um deus nos acuda...

Mas, repito, por que estou falando desta funerária para vocês? Continuo lhes contando: Thelma Evelyn e eu caminhávamos pela rua XV e nos deu vontade de tomar um cafezinho no Aquário, café mais tradicional de Pelotas. Acomodamo-nos de pé diante do balcão, fizemos o pedido, o dela com adoçante, o meu também, e eis que alguém bateu com a mão direita no meu ombro esquerdo. Sou muito detalhista, já contei, não é?

Virei-me num repente, assustado, porém, precavido. Afinal, o instinto de detetive sempre fala mais alto. Um senhor gordo, baixo, calvo, de abrigo vermelho e preto, do time mais popular da cidade, inquiriu-me com olhar amigável.

– Tu és o Bolotinha, não? O grande detetive cuja fama já se espalhou do Oiapoque ao Chuí.

– Ele mesmo – eu disse, estendendo a mão para o cumprimento.

– Muito prazer, detetive – ele disse. – Estava mesmo à sua procura e não sabia como encontrá-lo, veja só que coincidência e como este mundo é pequeno.

– É mesmo – eu concordei. – Mas como você me reconheceu ou soube que se tratava da minha pessoa?

– É que saiu uma reportagem a seu respeito no nosso jornal, com foto e tudo, e como eu estou tendo um problema lá em casa com um dos meus filhos, veio a calhar este nosso encontro.

– Qual o seu nome, meu amigo?

– Nelson Gastal.

Aproveitei para apresentar minha prima ao Nelson.

– Meu amigo – eu continuei –, estou por estas bandas para matar a saudade da minha dileta prima Thelma Evelyn.

– Encantadora, por sinal – ele falou lisonjeando a parente.

– Voltemos ao que eu estava falando – retruquei.

– Então, pelo menos nos três próximos dias, estarei unicamente dedicado a ela.

– Nada mais justo – ele falou novamente.

– Voltemos ao que eu estava falando – retruquei com voz mais grossa. – Depois deste período, mais precisamente na segunda-feira, podemos nos encontrar, sim, para eu me inteirar do que se passa com seu filho e, quem sabe, ajudá-lo no que for.

Nelson Gastal ficou emocionado. Pagou mais uma rodada de café, pegou o número do meu celular e nos despedimos.

Convidei a prima para irmos ao cinema. Ela aceitou. Combinamos de, após a sessão, jantar comida chinesa. E assim foi nosso final de semana: eu propondo, ela aceitando; eu sugerindo, ela dizendo a toda a hora, "sou parceira".

Na segunda-feira, eu tinha a intenção de retornar para Santa Catarina. Depois de passar o final de semana com Thelma Evelyn, rememorarmos um pouco os tempos idos, pensava em voltar ao meu *dolce far niente* em Meia Praia, e esperar um novo contato para exercer meus préstimos. Só que este contato surgiu, como vocês já sabem, em Pelotas mesmo, através da intromissão de Nelson entre nós, eu e minha prima logicamente, numa tarde cinzenta de sexta-feira.

O celular tocou. Sete vezes. Atendi. Não eram ainda dez horas da manhã. Thelma Evelyn já tinha ido para o trabalho. Ela era gerente em uma loja de calçados femininos. Eu pensava que ela fosse professora. Ela me explicou que, sim, era professora, mas que havia pedido as contas, pois o salário atual era mais atrativo. Tive que concordar, embora com certa tristeza, vocês já imaginam o porquê.

– Detetive Bolotinha?
– Ele. Que tal?
– Tudo bom. Aqui é o Nelson Gastal, aquele seu criado.

– Ah, sim...
– Podemos marcar nosso encontro?
– Claro.
– Pode ser aqui na minha empresa?
– Sem problema. Só me diga o endereço.
Fui monossilábico devido à preguiça matinal. Thelma Evelyn, simpaticamente, deixou-me seu carro para que fizesse algum passeio, já que ficaria na cidade pelo menos algumas boas horas da tarde. E isso veio a calhar, pois foi com ele que me dirigi ao endereço previamente anotado em minha agenda vermelha.

Estranhei, ao me deparar com a Funerária Final Feliz. Conferi o endereço. Era ali mesmo. Apertei a campainha. O próprio Nelson veio me atender. Solícito e sorridente, o que contrastava um pouco com o ambiente. Ou não, já que poderia ser eu parente de algum cliente. Entenderam o raciocínio?

– Aqui é meu trabalho – ele disse –, procurando amenizar meu sinal visível de espanto diante de tantos caixões.

– Papa-defunto? – brinquei.

– Ora, detetive, é um negócio como outro qualquer – ele contemporizou.

– Concordo plenamente – eu disse. – Mas podemos conversar sobre o que levou você a me procurar, já que o tempo urge?

– Claro, detetive – ele disse. – Vamos, por favor, até meu escritório para ficarmos mais à vontade.

O escritório era bem simples. Uma mesa e três cadeiras. Confortáveis, é bom que se diga. Sentei-me numa delas, logicamente. Logo apareceu uma senhora alta e magra, pálida e com olheiras.

– Minha secretária, a Gertrudes – ele falou.

– Prazer – eu disse, estendendo a mão.

Falando em mãos, as de Gertrudes eram frias e, ao segurá-las, parecia estar cumprimentando uma folha de alface. Aquilo me causou um mal-estar que tive o cuidado de disfarçar.

– Providencie dois copos de água e cafezinho, por favor – ele pediu gentilmente.

– Pois não, meu bem – ela disse.

Olhei para um e para o outro e Nelson parecia estar "tirando uma onda" comigo.

– Antes que você pense outras coisas, meu amigo, Gertrudes é minha esposa – explicou um sorridente Nelson Gastal.

– Calculei que sim – eu respondi –, embora a modernidade dos relacionamentos de hoje em dia leve a pensar até em outro tipo de envolvimento.

Sorrimos – desta vez os três –, pois Gertrudes retornava com os cafés e a água.

– Muito bem, detetive, agora podemos começar nossa conversa pra valer.

Gertrudes sentou ao meu lado, e Nelson Gastal iniciou seu longo monólogo.

– Detetive Bolotinha, vou falar rapidamente sobre minha família para que nos conheça melhor. Somos eu, a Gertrudes, a Divanóris, o John Gil e o caçulinha, o Paul

Carlos. A Divanóris, não vou fazer muitas referências a ela, porque mora na Califórnia. É casada com um americano. Os meninos têm uma diferença de idade de seis anos, quer dizer, o John Gil tem dezenove e o Paul Carlos treze anos. Nenhum, pelo que deu para observar, quer tocar em frente o meu negócio atual. Por isso, e já pensando no futuro, adquiri também uma pequena loja de instrumentos musicais usados, já que aqui em casa todos adoramos música, prova está no nome com o qual batizamos os meninos, uma pequena homenagem aos meus ídolos John e Paul, Gilberto Gil, Roberto e Erasmo Carlos. Aliás, Bolotinha, o meu nome igualmente se originou da devoção do meu falecido pai por um cantor da sua época, o Nelson Gonçalves. Só a menina que tem o nome de duas tias. Mas esta conversa pode não estar acrescentando nada ao real motivo que lhe trouxe a mim, né? Calma que daqui a pouco você irá entender melhor o porquê de falar sobre os meninos.

Quem cuida da loja é o John Gil, e o Paul Carlos o auxilia nas tarefas menores. Um detalhe: os dois são excelentes instrumentistas. John toca bateria, e Paul violão. Eles compõem, inclusive. Agora, sim, o motivo de eu ter lhe procurado. John Gil anda preocupado com a ausência de Paul Carlos todas as tardes de terça e quinta-feira. Todas, com ou sem sol, com ou sem chuva... todas. E me contou também que ele anda meio aéreo ultimamente. Falei que poderia estar indo à casa de algum colega fazer os temas, mas não era isso. E aí vem o pior. O desaparecimento de cinco violões da loja. Coisa muito chata. Não queremos de forma alguma desconfiar dele, mas que é estranho, isso é. Falei com ele a sós, pedi explicações com sutileza paterna, a Gertrudes aqui não me deixa mentir, não é meu bem? Mas nada, ele simplesmente desviava o assunto e só respondia que sabia o que estava fazendo e até se incomodava com minha desconfiança, e isso detetive que ele tem apenas treze anos. Já pensou quando estiver maior? O que poderá vir a fazer, se não for corrigido agora? Pensei em entrar em contato com a polícia, mas achei temerário, pois nunca se sabe em que estes guris estão metidos hoje em dia. Por isso lhe procurei, Bolotinha. Será que pode nos ajudar a descobrir o que este rapazinho anda aprontando, meio que assim sem muito alarde?

– Por favor, detetive, diga que sim – suplicou Gertrudes, me olhando suplicante.

– Tá bem – eu respondi. – Só que, como falei antes, não tenho muito tempo. Preciso agir logo. Podem me levar aos meninos?

– Só se for agora – respondeu Nelson Gastal.

Tomamos café. Quase frio. E amargo.

– Quer outro? – perguntou Gertrudes.

– Prefiro mais água – respondi.

– Entendo – ela disse, se dando conta de que, enquanto ouvíamos o que Nelson falava, o café estava ser-

99

vido sobre a mesa sem que tocássemos nas xicrinhas. Daí que ficou morno, quase gélido, por assim dizer. Quando fui à loja, naquela meia manhã, ela estava praticamente vazia. Apenas dois clientes à procura de clarinetes mantinham John Gil em serviço. Entramos sem fazer alarde e nos dirigimos aos fundos da loja, onde encontramos Paul Carlos dedilhando um Di Giorgio "inteiraço", que nem parecia ser de segunda mão. Tinha muita habilidade o menino, e demonstrava isso com qualidade ao interpretar uma música do Michel Teló com arranjo totalmente clássico, o que é deveras difícil, quase impossível. Parou de tocar, quando nos viu. Pedi que continuasse, tão bom para nossos ouvidos era ouvi-lo. Encabulou-se, deu para perceber, mas continuou até o final da canção. "Delícia!", eu afirmei, "é escutar um verdadeiro violonista". Ele agradeceu educadamente.

– Paul, este é nosso amigo, Bolotinha.

– Tudo bem, seu Bolotinha? – novamente ele, de forma educada, se dirigiu a mim.

– Como vai, grande artista? – eu, igualmente educado, me dirigi a ele.

– Paul, o Bolotinha adora tocar bateria, não é mesmo, meu amigo? E veio aqui à procura de uma que seja semelhante à que Ringo Star usava no quarteto do qual fazia parte.

– Tem uma aqui que é quase igual à dele.

– Posso ver? – eu falei.

– Claro – Paul disse – Venha comigo.

Retornamos à frente da loja. Entendi na hora o porquê de Nelson Celestino inventar esta história de eu ter interesse por bateria. Ele queria era disfarçar o motivo real da minha visita. Gostei da sua perspicácia, confesso. Olhei com atenção a "batera" que Paul Carlos me mostrava. Como não entendia patavina do que ele me explicava, só fazia comentários óbvios sobre o instrumento e seus inúmeros tamborzinhos. Neste instante, Gertrudes ofereceu café. Não aceitei. Sutilmente, Nelson e Gertrudes alegaram outros compromissos e pediram licença para irem até a funerária. John Gil, igualmente, disse que faria uma entrega e nos deixou a sós. Era a oportunidade que eu precisava para conversar mais amiúde com Paul Carlos.

Pedi para Paul Carlos tocar mais alguma coisinha.

– Pode ser uma música antiga? – ele perguntou.

– Fica a seu critério – respondi.

Então, para transbordar o ambiente de lirismo, Paul Carlos pegou o violão e começou a entoar "Aquarela do Brasil". Emocionei-me a pensar em como um garoto com a idade dele poderia ser tão sensível e ter este gosto musical apuradérrimo.

Terminada a execução, aplaudi freneticamente. Exageradamente até.

– Quer que eu toque outra? – ele perguntou, satisfeito com minha reação de fã.
– Não vou exigir tanto de você, meu garoto – respondi.
Tomamos água mineral. Com gás.
– Gostou da bateria? – ele quis saber.
– Gostei, Paul Carlos, mas na verdade o que me trouxe até você é um outro assunto – eu disse.
Ele me olhou assustado. Largou o violão na mesa. Voltou a sentar no banquinho.
– Não entendi – ele disse.
– Eu explico – eu disse.
E comecei a explicar.
– Na realidade, não entendo "nadica" de nada de bateria. Eu sou, na verdade, um detetive especializado em casos que envolvam crianças e adolescentes. Fui procurado pelo seu pai, pois ele está muito preocupado com você, ou melhor, com certas atitudes que vem tendo atualmente. Eu sou muito direto quando estou realizando meu trabalho, por isso, não se assuste se eu for um tanto áspero em algumas colocações. Mas é que eu, assim como seu pai, só quero o seu melhor, e isso implica olhos nos olhos, sinceridade recíproca, da minha parte e da sua, sobre o assunto que vamos e temos que levar adiante.

– Até agora, detetive, tô entendendo tudo o que você está falando, e ao mesmo tempo não tô entendendo nada, se é que me entende.

– Entendo perfeitamente, meu garoto. Mas deixe-me prosseguir.
– Prossiga.
– Obrigado.
E prossegui. Antes, tomei mais um copo de água mineral. Com gás, logicamente.
– Seguinte, *brother*. Você vem sumindo da loja para ir ninguém sabe para onde, certo? Seu pai já tentou descobrir seu paradeiro, mas nem ele nem seu irmão tiveram sucesso na busca. Pensaram até, veja você, em pedir auxílio à polícia, mas acharam que ainda não era para tanto. Volto a repetir, a preocupação deles é de que você esteja envolvido com más companhias, que podem levar a situações bem desagradáveis na maioria das vezes. Acho que você está me entendendo, não?

– Agora, sim. Mas continue.

– E tem mais. Sumiram misteriosamente cinco violões da loja. Eles estão achando que isto tem a ver com suas escapulidas. Só que ficam constrangidos em lhe acusar e fazem força para acreditar que isso não é verdade, ou seja, é simplesmente uma triste coincidência. Mas aí eu também fico na dúvida. Quem iria retirar, vamos assim dizer, os violões da loja? E por quê?

– Continue seu raciocínio, detetive, por obséquio.

– Pois não. Vamos relembrar os fatos: você some da loja duas vezes por semana, e alguns violões desaparecem também... Como você explica tais ocorrências?

– Posso falar agora?

– Por favor.

Paul Carlos tomou um copo de água mineral. Com gás. O céu, lá fora, estava nublado. Fazia três dias que estava assim. E não chovia.

– Seguinte, detetive. Você conversou bastante com meu pai, minha mãe e meu irmão. São pessoas maravilhosas, prova disso é que tenho uma ótima educação, com bons exemplos a seguir. Até aí, nada de anormal. Acontece que eles são dedicados demais ao trabalho e sobra-lhes pouco tempo para fazer outras coisas. A gente conversa pouco sobre assuntos que não sejam a funerária, de que eu não gosto, e a loja de instrumentos usados, que eu adoro. Daí que quem gosta de música é muito sensível, e eu não sou diferente. Numa destas raras conversas, eu falei pro meu pai que queria ajudar outros meninos de um bairro pobre, há muitos aqui em Pelotas. Ele respondeu que isso era muito legal, mas que já ajudava em nome de toda a família um orfanato, levando todo final de mês uma cesta básica para os meninos de lá. Achei isso bem legal, mas disse-lhe que eu queria ajudar. Ele disse que poderíamos falar disso mais adiante e não voltou ao assunto. Então, detetive, resolvi agir por minha conta e bolei o seguinte plano: descobri uma escolinha que fica não muito distante da loja, fui lá falar com a diretora e me ofereci para dar aulas de música aos alunos da escola e organizar uma banda. Ela achou a ideia genial, e, comovida, agradeceu. Só que me disse que não tinha dinheiro para comprar instrumentos para os meninos. Eu falei que isso não era problema e juntei a minha mesada até completar o valor dos cinco violões. Aí coloquei o dinheiro no caixa, sem o John Gil perceber, e comprei os cinco violões. Eles nunca disseram para o senhor que faltou alguma coisa no caixa. Disseram? Só contaram que faltavam os violões, não foi? Então é isso, todas as terças e quintas eu dou aula e ensaio a turminha. O senhor precisa ver a alegria deles tocando rock como gente grande. O senhor não quer dar uma chegadinha lá amanhã comigo?

– Com o maior prazer, meu garoto. Mas, por enquanto, vamos deixar esta sua linda história só entre nós, certo?

– Como o senhor quiser, parceiro.

Quando cheguei à escola, no dia seguinte, a diretora já havia sido avisada por Paul Carlos sobre a minha

105

visita e, também, sobre a minha profissão. As crianças nunca tinham ouvido falar que existisse detetive de crianças. Por isso, quando cheguei, percebi que estavam surpresas e eufóricas. Disse para elas algumas palavras de incentivo, brinquei bastante, agradeci a bela recepção. Fui aplaudido, depois me sentei ao lado da diretora e demais professoras para assistir à apresentação da banda e do seu magnífico maestro.

O show foi um sucesso. Fiquei emocionado com tanta mostra de talento e simplicidade. Acreditei, vendo aqueles meninos e seus violões, que o mundo ainda tinha esperança. Vi algumas lágrimas rolando dos olhos de Paul Carlos. Ele também deve ter visto algumas nos meus.

Depois de um lanche coletivo, nos despedimos. Fiquei de voltar sempre que estivesse por perto. Ganhei uma rosa e um bombom de presente. Só me restava agradecer, o que fiz não sei quantas vezes.

– E então, gostou, detetive?

Não respondi com palavras. Simplesmente nos abraçamos e misturamos, agora de bem pertinho, as nossas lágrimas.

Que belo garoto o Paul Carlos!

Fiquei acordado até tarde aquela noite, emocionado que ainda estava com o que a tarde havia me reservado. Contei tudo para Thelma Evelyn, que achou tudo um barato, logicamente. Tomamos chá verde e comemos fio de ovos, eu e ela. Assistimos ainda a um filme em preto e branco. Falei da alegria que foi revê-la e ela me abraçou fraternalmente. "É bom", pensei, "ter o ombro amigo de um parente por perto, mesmo que não precisemos dele naquele momento. Filosofia pura, pensei, me autoelogiando em silêncio. Finalmente, fui dormir, ou tentar.

Na manhã seguinte, bem cedinho, após o café com a prima, me dirigi à Funerária Final Feliz. Encontrei ansioso à minha espera o casal Nelson e Gertrudes. Ela me ofereceu um cafezinho. Agradeci. Chovia uma garoa fina em Pelotas.

– Que bons ventos o tragam – ele disse, estendendo a mão.

– E são – eu respondi, correspondendo ao cumprimento.

– Bom-dia, dona Gertrudes – eu disse.

– Bom-dia, detetive – ela respondeu. – Não quer mesmo um cafezinho? Prometo que desta vez não vou deixá-lo esfriar.

– Obrigado mesmo, mas é que já fiz o desjejum com minha prima e estou satisfeito.

– Ah, bom – ela disse.

Eu pressentia o nervosismo de Nelson e Gertrudes à espera do que eu poderia lhes contar a respeito do filho. Sentei-me numa das cadeiras do escritório. Quando íamos começar a conversa, chegou uma cliente chorando copiosamente. Nelson a atendeu, solícito e compreensivo, lastimando a perda do ente querido, no caso, seu esposo. Ela agradeceu, parecendo confortada.

107

Minutos depois, estávamos novamente frente a frente no escritório.

– E então, detetive, não nos mate de angústia, diga logo o que descobriu a respeito do comportamento do nosso filho – falou Gertrudes, diante do olhar suplicante de Nelson para mim.

– Pois muito bem – aí fiz um certo suspense levantando a sobrancelha acima do olho esquerdo –, acho, meus caros, que o caso está resolvido.

– Conte logo, homem – falou Nelson Gastal.

– O Paul Carlos é um pequeno grande herói e vocês devem se orgulhar de ter um filho como ele.

– Como assim, Bolotinha? – perguntou Gertrudes, já mais aliviada.

Aí eu contei tudo que sabia a respeito da bela ação feita pelo garoto na escola com as aulas de música e formação da banda. E contei também do destino dado aos violões desaparecidos da loja. Contei do show que tive o prazer de assistir, da reação minha e das professoras com a euforia das crianças, diante de momento tão único proporcionado graciosamente por Paul Carlos.

Nelson e Gertrudes, assim como eu anteriormente, não contiveram as lágrimas. Era uma choradeira só. Um pouco, de alegria, por reconhecerem no comportamento do filho algo de sublime e divino; outro pouco, por certo arrependimento, já que antes haviam desconfiado dele. Esperei que eles se recompusessem para prosseguir.

– Acho que mais um caso foi resolvido satisfatoriamente, não é?

– Como podemos lhe recompensar e agradecer, detetive Bolotinha? – perguntou Gertrudes, toda feliz.

– Vou dar-lhes uma sugestão. De hoje em diante prestem mais atenção e colaborem com os projetos humanitários do Paul Carlos, incentivem sempre suas boas ações, sejam mais presentes na vida dele. Vocês têm uma pérola em casa, lapidem-na sempre, meus amigos, que elas são muito raras nos dias de hoje. E, é claro, deem bastante carinho para o John Gil, que é um ótimo rapaz também. Vocês são excelentes pais, interessados no futuro dos meninos, mas às vezes uma conversinha a mais, um olhar mais atento, sempre é bom ter.

– Detetive, e quanto ao pagamento... quanto lhe devemos?

– Quem sabe a doação de uma bateria completa e mais alguns violões para uma outra escola carente, hein?

– Eu acho uma ideia bem legal, e até já sei para qual escola... – falou Paul Carlos, que, chegando naquele momento, tinha acompanhado o final da conversa.

– Dá licença – interrompeu John Gil. – Será que eu posso auxiliar o mano, pois, modéstia à parte, não canto tão mal assim?

– Claro que pode, não é, detetive?

Sorrimos os cinco. Trocamos abraços. No dia seguinte, eu iria voltar para Meia Praia, feliz da vida por mais um caso solucionado satisfatoriamente, feliz da vida pelos bons momentos passados com Thelma Evelyn. Feliz da vida, enfim, por tudo de bom que a vida vem me reservando cada dia.

Rua Dona Inácia Uchoa, 62
04110-020 – São Paulo – SP (Brasil)
Tel.: (11) 2125-3500
paulinas.com.br – editora@paulinas.com.br
Telemarketing e SAC: 0800-7010081